두만강중학교

두만강 중학교

2016년 3월 15일 제1판 제1쇄 인쇄
2016년 3월 22일 제1판 제1쇄 발행

지은이   박영희
펴낸이   강봉구

편집   김윤철
디자인   비단길
인쇄제본   (주)아이엠피

펴낸곳   작은숲출판사
등록번호   제406−2013−0000801호
주소   413−170 경기도 파주시 신촌로 21−30(신촌동)
서울사무소 100−250 서울시 중구 퇴계로 32길 34
전화   070−4067−8560
팩스   0505−499−8560
홈페이지   http://cafe.daum.net/littlef2010
페이스북   http://www.facebook.com/littlef2010
이메일   littlef2010@daum.net

ⓒ박영희

ISBN 978−89−97581−87−0　　03810
값은 뒤표지에 있습니다.

연 변 의 교 사 를 만 나 다

선생님의
책 꽂이

우리가 지켜내야 할 민족교육의 새 이름

박영희 지음

작은숲

책을 내며

글로벌 시대에 민족 교육은 과연 어떤 모습일까? 장롱 속에 넣어 둔 지난날의 유산쯤 되지 않을까! 그러나 타국에서 살아가는 동포들을 만날 때면 사정은 좀 달라진다. 그들은 하나같이 민족 교육과 민족 문화에 기대어 살아간다. 그들에게 민족은 곧 뿌리인 것이다. 2014년 겨울, 십여 명의 조선족 교원들과 민족 교육, 민족 문화, 남북 통일에 대해 이야기를 나눈 것도 실은 그 때문이었다. 더 늦기 전에 그들의 성장 배경과 교육의 현실을 직접 한번 들어보고 싶었다.

1992년 한·중 수교 이후 조선족 사회에 불어 닥친 '한국 취업 바람'은 시시비비를 가릴 새도 없었다. 떠나면 유능한 자, 그렇지 못하면 무능한

자 소리를 들어야 했다. 누가 뭐래도 한국은 기회의 땅이었다. 학교라고 크게 다르지 않았다. 지난 10년 동안 연변 조선족 자치주 내 조선족 학교를 떠난 교원 수는 모두 1742명. 하지만 그 기간에 새로 임용된 교원은 965명에 불과했다. 특히 연변 지역의 한 시는 2005년부터 2008년 사이에 무려 351명의 교원이 학교를 떠났는데, 보충된 조선족 교원은 15명에 그쳤다. 이처럼 연변 조선족 자치주 주도인 연길시를 제외하면 상황은 더욱 위태로워 보였다. 한족 학교와의 통폐합이 빠른 속도로 진행되고 있었다.

인구 감소로 인한 문제는 조선족 사회나 한국 사회나 큰 차이가 없었다. 물론 여기에는 두 가지 요인이 작용했다. 1978년 중국의 개혁·개방과 1992년 한·중 수교가 낳은 변화다. 연변 지역 조선족 동포는 약 79만 명전체 인구의 35%으로, 중국 정부가 정한 소수 민족 자치주 기준인 30%

를 약간 웃도는 상황이다. 연변 조선족 자치주 해체설이 나오는 이유다.

한데도 조선족 교원들은 왜, 바보 취급에 박봉을 감수하면서까지 학교에 남았던 걸까? 길림성 안도현에서 만난 림명자 교원의 고백이 인상 깊었다. 애초부터 떠날 생각이 전혀 없었다는 그는 '드팀없는 교원 사업'을 강조했다. 또한 그 점은 중국의 학교 수업에서 빠지지 않고 등장하는 '샹레이펑쉐시向雷锋学习'를 다시 보는 듯했다. '레이펑 따라 배우기'의 주인공인 레이펑雷锋, 1940~1962년은 루쉰鲁迅의 '아Q'와 더불어 중국 현대사에서 신화적인 존재다.

만약 그대가 한 방울의 물이라면 다만 얼마의 땅이라도 적시었는가?

만약 그대가 한줄기의 햇빛이라면 다만 얼마의 어둠이라도 밝혀 보았는가?

만약 그대가 하나의 작은 나사못이라면 그대의 일터를 얼마나 굳건히 지키고 있는가?

그대가 만약 자기의 사상을 말할 수 있다면, 그 아름다운 이상을 우리에게 알려 주기 위해 열심히 노력했다고 떳떳이 말할 수 있는가?

이제 교육의 백년대계를 이야기하는 사람은 없다. 10년 앞도 내다볼 수 없는 처지가 되고만 것이다. 공교육이라고 다를까? 호불호가 갈리긴 하지만 희망의 메시지를 들어 본 지 오래다. 그렇다면 조선족 교원들은 학원에 대해 어떤 생각을 갖고 있을까? 십여 명 중 상당수가 한국을 다녀간 바 있는 그들의 반응은 놀랍게도 냉소적이었다.

— 학원이야말로 학교를 망가뜨리는 독초주범가 아닐까요? 감수성이 예

민한 학생들의 가슴은 버려 둔 채 머리만 잔뜩 키운단 말이죠.

— 한 반에 5분의 1이나 될까요? 정말 급한 학생이 아니면 학교에서 자기 절로 공부하는 편입니다. 학원을 다니려 해도 연길에만 서너 곳 있을 뿐 도문, 훈춘, 용정 등은 학원 자체가 아예 없단 말이죠. 아마 연변 지역에 학원을 차렸다간 한 달도 못 돼 망할 겁니다.

— 교원들의 실력이 약해서입니까? 아니면, 시험 때마다 교육국이 장난을 치는 겁니까? 그렇잖습니까. 학교에 뭔가 문제가 있기 때문에 학생들이 학원으로 몰려가고, 학교보다 학원을 더 신뢰하는 것 아니냔 말입니다. 아이들의 교육공교육과 관련한 일은 총을 들이대서라도 장사꾼들의 검은손부터 차단하는 게 옳다고 봅니다.

해방 전 2400개였던 조선족 학교가 180여 개 남았다. 부디, 잘 지켜

주길 바라는 마음이다. 만주 항일 운동에서 그 첫 번째 목표가 만주 땅에 학교를 세워 민족 교육의 터전을 마련하는 일 아니었던가! 바쁜 가운데도 기꺼이 도움을 준 교원들과 연변 방송국 한태익 기자님께 깊은 감사를 드린다.

2016년 초봄을 앞두고, 박영희

▮차례

도문시 제 5 중학교 | 강순화, 전금자

두만강 중학교

순간 저도 깜짝 놀랐지 뭐예요.
내 말을 진지하게 경청하던 학생들이 아 글쎄, 이리 말하지 않겠습니까.
'우리는 선생님을 좋아하는 게 아니라 진심으로 존경한다'

두만강 중학교

연길역 앞 시외버스 터미널은 예나 지금이나 특별히 달라진 게 없다. 승객들이 빈자리를 다 채우고 나서야 20인승 소형 버스는 늙은이 가래 끓는 소리로 시동을 걸었다.

연길에서 도문까지 버스로 한 시간 남짓 거리. 연말을 앞둔 연길이 잔칫집 분위기였다면 도문은 한적한 휴양지에 온 것 같았다. 인구 13만조선족 7만의 도시 도문은 두만강을 사이로 북한과 국경을 이루고 있어 왠지 스산한 기분마저 들었다.

뭐 있겠습니까, 돈 때문이지

오전 8시 20분. 약속한 시간에 맞춰 학교로 들어서자 강순화 교원이 미리 나와 기다리고 있었다.

"오셨어요? 안으로 들어가시죠."

독서에 대해 남다른 열정을 갖고 있는 교장 선생님의 말씀을 걸어 놓았다.

오늘은 교학^{수업}이 오후에 몰려 있다는 강 씨를 따라 2층 휴게실로 향할 때였다. 본관 건물 입구에 설치된 전자 현수막이 걸음을 멈춰 세웠다.

'좋은 책을 읽는다는 것은 과거의 가장 훌륭한 사람들과 대화하는 것이다.'

"어느 분의 아이디어인지 궁금하군요."

"교장 선생님 작품입니다. 한족^{漢族, 중국 내 여러 민족 중에서 막 90%의 인구를 가진 민족} 분이신데, 학생들 독서에 남다른 열정을 갖고 계셔서 학교 분위기가 예전 같지 않습니다."

"어떻게 말입니까?"

"예전에 비해 학교가 더욱 풍성해졌다 할까요? 학생들의 언어와 품성도 상당 부분 부드러워졌음을 알 수 있고요."

"책은 넉넉한 편입니까?"

"글쎄요. 그건 나중에 도서관을 보여 드릴 테니 그때 직접 확인해 보세요. 한국 학교들보다는 형편없겠지만……."

조선어문을 가르친다는 강순화 교원과 본격적으로 이야기를 나눈 건 십여 분쯤 지나서였다. 커피를 몇 모금 마신 뒤 근황을 묻자 강 씨는 전혀 뜻밖의 반응을 나타냈다.

"기실은 교원 사업이 별로 재미없슴다. 석현에서 근무하다 도문으로 온 지 십 년이 다 되어 가는데도 새내기 교원을 구경조차 할 수 없단 말임다. 늙은이들만 남아서 학교가 자꾸 늙어 간다는 기분도 들고요."

"혹시, '한국 바람' 때문입니까?"

"옳습니다. 인차 한국 바람이 분 뒤로 청년 교원을 찾아볼 수 없으니 이 일을 어찌하면 좋을지 모르겠습니다. 청년 교원을 모셔 오기가 하늘의 별 따기란 말이죠."

한국을 떠나오기 며칠 전이었다.

조선족 학교마다 심각한 교원 부족 현상을 겪고 있다는 언론 보도를 접했을 때만 해도 반신반의했었다. 한국만 놓고 보더라도 교직 희망자가 넘쳐 났던 것이다. 심지어 대학생들이 거리로 뛰쳐나와 피켓 시위까지 벌이지 않았던가. 그러나 연변 지역은 한국과 정반대의 현상이 나타났다. 지난 10년간 학교를 그만둔 교원은 1742명, 신규 교원은 965명에 불과했다.

"신문 기사를 보셨다니 따로 설명할 필요는 없겠네요. 교원 부족 현상이 위급한 것만은 사실이니까요. 예를 들자면 이렇습니다. 사범 대학을 졸업한 40명이 있다고 가정했을 때 그중 2명만 교원으로, 나머지 38명은 한국, 일본, 중국 대도시로 진출해 회사 공작²을 하고 있단 말임다."

"선생님은 그 이유가 뭐라고 생각하십니까?"

"뭐 있겠습니까, 돈 때문이지. 연변 지역 교원 노임이 한국 돈으로 50만 원 안팎이니 어느 교원이 학교에 붙어 있으려고 하겠습니까. 교원 노임으로는 생활하는 것조차 바쁘단 말임다."

"그런데도 선생님은 왜 안 떠나셨습니까. 안 떠나신 겁니까, 못 떠나신 겁니까?"

"둘 다 맞습니다. 남들 떠날 때 인차 못 떠난 건 용기가 부족한 탓이었고, 아니 떠난 건 도문 5중이 제 모교란 말임다. 학교에서 젊은 축에 드는 저마저 떠나 버리면 학생들 처지가 어찌 되겠습니까. 교원의 사명감도 물론 중요하겠지만, 그보다 먼저 학생들 곁에 남고 싶었습니다. 현재 내가 맡은 반만 보더라도 양부모와 사는 학생 1명, 부모 중 한쪽만 있는 학생은 4명, 그리고 나머지 25명은 조부모와 살거나 개별 하숙을 하고 있으니 그 심정들이 오죽하겠습니까. 오히려 나보다 더 슬픈 청소년기를 보내는 것 같아 가슴이 미어진단 말입니다."

그러면서 강 씨는 갓 스물의 나이로 교원이 되었던, 오래전 그 시절로 돌아갔다.

공장 노동자였던 아버지와 역무원으로 근무한 어머니 사이에서 장녀로 태어난 강 씨는 유치원에 대한 아픈 기억을 갖고 있었다.

"유치원을 다니지 못한 게 그토록 큰 죄가 될 줄 몰랐습니다. 소학교 입학을 앞두고 글쎄, 교원들마다 저를 받지 않겠다며 야단들이지 뭡니까. 유치원을 다닌 기록이 없다면서 말이죠."

그렇게, 며칠이 지나고 있었다. 시험지를 들고 나타난 한 교원이 뜻밖의 안을 내놓았다.

"자음과 모음 전체 쓰기와 1에서 20까지 숫자를 쓰는 시험이었는데, 그 정도면 얼마든 자신 있었습니다. 소학교 입학 전에 뜨문뜨문 글을 읽는 수준이었고, 두 자릿수 가감도 문제없었단 말입니다."

"궁금한 게 있습니다. 지금도 소학교 입학이 그렇게 까다롭습니까?"

"그런 편이라고 할 수 있겠네요. 중국은 유치원 영도도 교장으로 부른단 말이죠. 소학교와 특별히 다를 게 없는 엄중한 교육 기관인 셈이죠."

소학교 때 『토끼와 거북이』, 『춘향전』, 『심청전』, 『홍루몽』, 『서유기』 등의 동화를 읽고 지냈다며, 그 책들을 줄줄이 나열할 때였다. 소학교 6년 동안 한 번도 앞자리 성적을 놓친 적 없다는 강 씨의 표정이 갑자기 굳어졌다.

"운동 세포가 부족했던지 체육 시간이 영 힘들지 않겠습니까. 누군가를 처음으로 마음속에 둔 것도 체육 시간만 되면 생기를 띠는 같은 반 남학생이었고요. 그 남학생만 보면 어쩌나 가슴이 쿵쿵 뛰던지……"

그렇지만 강 씨는 끝내 자신의 속마음을 털어놓지 못했다. 그 남학생 주변에 여학생들이 너무 많은 탓도 있었지만 정작 이유는 다른 곳에 있었다.

　"글쎄 그 친구가 한날 내 연필통을 아주 못 쓰게 마사놓았지 뭡니까. 어리석게도 난 남자들은 자기가 좋아하는 여자를 그런 식으로 접근한다는 걸 모른 채 마사진 연필통만 속상해 했으니……. 그때 일이 지금도 후회가 됩니다."

　"정말 좋아하긴 했었나 보네요. 소학교 시절 이야기를 마치 눈앞에서 벌어지는 것처럼 하는 걸 보면."

　"버릴 게 따로 있지 첫 마음을 버리겠습니까. 그때를 생각하면 파란 하늘에 하얀 양털 구름이 흘러가는 것 같단 말입니다."

　정해진 체육 시간 외에도 운동할 시간은 넘쳐났다. 3교시 수업 후 가볍게 몸을 푸는 업간 시간, 주말에도 학교에서 따로 모여 진행하는 각종 소조 활동, 그리고 매일 90분간 주어지는 점심시간은 학교 운동장을 떠들썩하게 만들었다.

　"이러니저러니 말들이 많아도 학교는 학생들이 뛰어놀 때가 가장 생기발랄한 것 같아요. 점심을 먹은 학생들이 운동장으로 뛰어나와 축구와 배구를 해 대면 저절로 생동감이 넘쳐난단 말이죠."

　"하지만 선생님은 운동을 싫어하셨잖습니까?"

　"꼭 그렇지만도 않았습니다. 직접 하는 재미보다 보는 재미가 더 컸으니까요. 더러 교실에 남아 독서를 하기도 했는데 오히려 그게 더 불편하지 뭡니까. 눈으로는 책을 읽고 있지만 마음은 온통 운동장에 가 있더란 말입니다."

설령 그렇더라도 운동회는 체육 시간과 또 달랐다.

"여기는 집체주의 의식이 강해 운동회 순서도 상당히 까다로운 편입니다. 영도들이 앉아 있는 주석대 앞을 지날 때면 자세를 절대 흐트러뜨려선 안 되고, 검열 행진을 무사히 펼친 다음 운동회가 시작됩니다."

문제는 운동회가 하루 만에 끝나지 않는다는 것이다. 어제 시작된 운동회는 다음 날 정오가 다 돼서야 대단원의 막을 내렸다.

"첫째는 학생 수가 너무 많아 그렇기도 하지만, 그만큼 운동회가 치열하기도 합니다. 예선을 거쳐 결선까지 가려면 기본상 하루 반은 일도 아니고요."

"하루 반이면 너무 지루하지 않습니까?"

"교원들 입장에서 보면 죽을 맛이죠. 그렇지만 운동회를 여는 주목적이 무엇입니까. 학생들 체력 단련에 있지 않습니까. 마음의 결속을 잘 이뤄 내려면 몸부터 하나가 되어야 하는데, 그런 점에서 운동회는 모두에게 필요한 매우 중요한 학습이라고 봅니다. 신심이 각자 따로 놀았다가는 절대로 좋은 결과를 만들어 낼 수 없단 말입니다."

1학년 담임을 맡으면 그 학생들이 졸업할 때까지 담임을 맡는 조선족 학교의 오랜 관습처럼, 운동을 싫어하는 강 씨가 운동회 때 보다 적극성을 보인 것도 얼추 그 부분과 맞닿아 있었다. 같은 반을 3년 동안 이끌어 가려면 개개인보다 전체가 먼저랄까? 공부를 잘하는 학생도 물론 좋지만 강 씨는 중간에서 좌초되는 배를 더 염려했다. 그리고 보면 3년 담임제는 중국의 체제와도 유사한 면이 없지 않았다. 대오를 갖춰 장도에 오르려면 그 정도 시간은 충분히 필요했던 것이다.

고맙습니다,
씨에씨에, 땡큐

1993년 8월중국은 7월 졸업, 8월에 새 학년 새 학기를 시작한다, 중학생이 된 강 씨는 자신도 모르게 이맛살이 찌푸려졌다. 중학교 과정 외국어로 처음 등장한 영어는 그처럼 애물단지였다. 중국어와 일본어는 소학교 때부터 배워 일없지만 영어는 여기저기서 볼멘소리가 터져 나왔다.

"왜 하필 우리 때부터냐며 한바탕 난리가 나지 않았겠습니까. 지금이야 집집마다 한국 방송을 위성으로 보고 있지만 당시만 해도 사정이 좀 달랐단 말임다. 중국어 다음으로 친숙한 게 일본어였고, 텔레비전 드라마도 주로 중국어로 번역한 일본 것을 봤으니까요."

그뿐만 아니라 일본어는 〈조선어문〉에도 적잖은 영향을 미쳤다. 『우동 한 그릇』을 쓴 구리 료헤이를 비롯해 호시 신이치, 무라카미 하루키 등이 현재까지도 조선어문 교재에 단골 메뉴로 등장하고 있다.

"조선족 학생들이 일본으로 유학을 많이 가는 이유가 무엇이겠습니까. 소학교 때부터 일본어에 일본의 문학 작품까지, 일본과 친숙해질 수밖에 없단 말이죠. 기본상 한어汉语, 중국어 만 잘 꿰면 일본어도 쉽게 배울 수 있고요."

조선족 학교에 제 3 외국어로 영어가 정해졌다면 어쩔 도리가 없었다.

강 씨는 먼저 한글의 자음과 모음을 받아 적었던 때로 돌아가 알파벳부터 익혔다. 모든 언어가 그렇듯이 영어라고 해서 못 오를 나무도 아니었다. 징검다리처럼 단어와 단어를 연결하자 곧 하나의 문장이 만들어졌다. 부모님을 통해 배웠던 '고맙습니다'가 '씨에씨에 谢谢'로, 이번에는 '댕큐 thank you'가 그 사이를 비집고 들어왔다.

"중국어 또한 배우고 싶어서 배운 게 아니었듯이 일어와 영어도 마찬가지였습니다. 의무적으로 배워야 한다니까, 하는 수 없이 따라했던 겁니다. 기실 우리한테는 조선어가 제일 중요하단 말입니다. 우리말도 제대로 못하는 주제에 남의 말을 배워 무슨 영광을 누리겠습니까. 난 그딴 거 싫습니다."

"그래도 배워 두면 좋지 않을까요?"

"난 찬성 못 합니다. 조선족 학생들이 날로 우리말을 잃어가는 것 같아 되쎄 걱정이 되기도 하고요. 괜히 3개국 언어를 배우려다 이것도 저것도 아닐 바엔 차라리 하나를 똑바로 배우는 게 더 낫지 않을까요?"

고중 고등학교에 진학할 것인가, 5년제 사범 대학교로 바로 갈 것인가?

초중 중학교 졸업을 앞두고 도문시에서 성적이 두 번째로 우수한 학생으로 뽑힌 강 씨는 선뜻 마음의 결정을 내리지 못했다.

"사범 대학을 가려니 나이가 걸리지 않겠습니까. 고중을 지망하는 친구들이 되쎄 부럽기도 하고요. 왠지 나만, 일본 드라마에 자주 나오는 무사도 아닌 것이, 아무도 가지 않는 외딴길로 접어드는 것 같지 뭡니까."

강 씨의 나이 열여섯. 아직은 누리고픈 것들이 많았다. 다름 아닌 청소년 시절이었다. 고중을 건너뛴 채 대학에 입학하려니 그 생각이 먼저 들었다. 누구라도 여담처럼 말하지 않던가, 한번 흘러간 강물처럼 학창 시절 또한 다시는 돌아오지 않는 법이라고. 그러나 강 씨는 담임의 조언을 차마 못 들은 척 할 수 없었다.

"앞으로 5년만, 5년만 성실하게 잘 다녀라. 교원을 바라보는 사회상도 그렇게 나쁜 편만은 아니니 미래가 괜찮을 거다."

그러나
갈 곳이 없었다

연변 사범 대학교에서 5년제는 제일 높은 학부에 속했다. 중사_{소학교 교사}, 한사_{중국어 교사}, 유사_{유치원 교사}는 4년제로, 5년제 고사를 졸업하면 중학교 담임이 될 수 있었다.

"여기는 사범 대학에서 이미 반 주임_{담임} 재목이 만들어지기 때문에 그만큼 반 주임의 파워가 센 편입니다. 학교에서 나름 자신의 주장을 펼 수도 있고요."

인구 80만인 연변 조선족 자치주 6개 시_{연길 · 용정 · 도문 · 화룡 · 훈춘 · 돈화시}와 2개 현_{왕청 · 안도현}에서 선발된 학생들이 모인 탓일까? 나이에 걸맞지 않게 사범 대학 입학식은 약간 무거운 분위기 속에서 치러졌다.

"각 시와 현에서 추천한 인재들이 죄 모였으니 분위기가 건조할 수밖에요. 우수한 두뇌들만 모아 놓으면 별 재미가 없지 않습니까. 가슴으로 느껴야 할 것도 골[머리]이 먼저 가고. 그런데다 우리 반은 여학생 서른네 명에 남학생이 셋밖에 되지 않아 막 놀려댔지 뭡니까. 우리 반 남학생들은 복도 많아서 중국의 보호 동물인 참대곰[판다곰]이라고 말이죠."

조선어문, 수학, 한어, 영어, 흑판 글씨 쓰기 등 과목 수는 별로 많지 않았다. 납부금도 고등학교의 절반 수준이었다.

"사범에서 제일 좋았던 건 하루 세 끼를 공짜로 먹을 수 있다는 것이었습니다. 장학금 대신 무료 급식 카드를 주었는데, 값싼 학비에 밥까지 해결되자 신심이 한결 가볍지 않겠습니까. 공부할 때 집안 걱정이 많아지면 늙은이처럼 한숨만 는단 말입니다."

"집에는 자주 갔습니까?"

"한 달에 한 번 정도요? 한 달 생활비로 들어가는 500위안[한화로 약 9만 원]을 벌자니 쉽지 않더군요."

시간만 주어진다면 강 씨는 과외 학생을 한 명에서 두 명으로 늘리고 싶었다. 그러나 주변 상황이 여의치 못했다. 학교에서 지켜야 할 규칙만도 이미 차고 넘쳤다.

"수업은 하루 2교시가 전부지만 학칙이 엄청 셌단 말임다. 평일에는 학교 대문을 절대 나갈 수 없고, 저녁 식사 후 6시부터 9시까지는 자습을 해야 했습니다. 그러고 보니 토요일을 제외한 일요일 밤에도 평일처럼 밤 자습이 있었네요."

"그럼 데이트는 언제 합니까?"

"연애질 말입니까?"

"네."

"그딴 거 할 시간이 어딨습니까! 그리고 학교에 내 차지까지 돌아올 남학생이나 있었어야 말이죠. 잠깐 한눈을 팔았다면 5학년 여름 방학 때였을 겁니다."

그해 여름, 지인의 소개로 칭다오^{青島}를 찾은 강 씨는 한동안 열패감에 휩싸였다. 처음 다뤄 보는 팩스는 그렇다 치더라도, 한국에서 걸려 온 전화마저 도통 상대방의 말을 알아들을 수가 없었다.

"한국인이 꾸린 의류 공장에서 잠깐 공작^{工作·일}을 했는데, 정말 어렵긴 어렵더군요. 내 자신이 참 바보스럽다는 생각도 들었고요. 직업적 용어^{전문 용어}에 외래어까지 섞어 대니 무슨 수로 소통이 되겠습니까."

그래도 고마운 건 사장이었다. 하는 일도 없이 사무실만 지켰을 뿐인데 사장은 한 달 치 급여를 두말없이 주었다.

"기실은 졸업을 앞두고 입장이 좀 난처하긴 했습니다. 학교에 교원들이 넘쳐 난다면서 취업은 각자 알아서 하라지 않겠습니까?"

"각자도생^{各自圖生}인 셈이었군요?"

"상호 언어만 잘 통했어도 한국인 회사에 눌러 앉았을 텐데 그 점이 영 아쉽지 뭡니까. 청도로 내려갈 때만 해도 교원질을 꼭 해야 한다는 생각이 크게 없었단 말임다."

강 씨가 졸업하던 2001년 여름은 조선족 사회에 두 가지 변화가 있었다. 1992년 한·중 수교와 함께 이미 한국으로 빠져나갔거나, 지금의 직장을 천직으로 여기는 사람들이었다. 다시 말해 2001년은 조선족 사회에 일자리 유동이 거의 없던 시기였다. 조선족의 한국 러시가 봇물을 이룬 건 6년 뒤인, 2007년 방문 취업제가 도입되면서부터였다.

노동자 가족의 비애라는 것이 바로 이런 것일까!

청다오에서 돌아온 강 씨는 한숨밖에 나오지 않았다. 남들처럼 든든한 뒷배가 있나, 그렇다고 들이밀 재물이 있길 하나. 아무리 봐도 쑤시고 들어갈 자리가 없었다. 남동생을 공부시켜야 한다면서 어머니마저 한국으로 떠나 버려 강 씨는 죄인이 된 기분이었다. 이러자고 5년 동안 공부를 한 것이 아닌데도 현실은 얼음장처럼 차가웠다.

손 놓고 앉아 기다리는 것도 하루 이틀, 강 씨는 직접 도문시 교육국을 찾아갔다. 안 될 때 안 되더라도 한 번은 부딪쳐 보고 싶었다.

"사정 이야기를 늘어놓았더니 교육국 직원이 버스로 한 시간 거리에 있는 '석현'을 권하지 않겠습니까. 통근길이 걱정되긴 했지만 도리가 없더군요. 찬밥 더운밥 가릴 때가 아니었단 말이죠."

졸업하고 한 달여 만이었다. 강 씨는 도시락을 챙겨 새벽길을 나섰다. 7시 10분까지 학교에 도착하려면 첫 버스를 타야 했다.

"첫 공작이라 걱정을 많이 했는데 인차 마음이 놓이더군요. 귀한 여선생이 왔다며 교장이 잔치도 베풀어 주고, 손수 반 주임까지 내주지 않겠습니까."

첫날 수업을 모두 마친 뒤였다. 강 씨는 잠깐 생각에 잠겼다.

"초중만 생각하고 찾아온 학교에 고중도 함께 있어 버겁긴 했습니다. 초중생은 즐거운데 고중은 영 아니더란 말입니다. 교원과 학생의 나이 차도 두세 살밖에 나지 않아 서로 눈 맞추는 것조차 힘들고요."

한편 그 안에는 고중을 다녀보지 못한 약간의 두려움도 깔려 있었다. 비슷한 연령대에 서로 다른 공부를 하고, 서로 다른 생각을 하며 지냈던 것이다. 이처럼 자신이 직접 경험해 보지 못한 세계는 교원에게도 부담이 될 수밖에 없었다.

불편하게 느껴졌던 고중생들과의 관계가 한결 부드러워진 건 교원절<스승의 날, 9월 10일>을 통해서였다. 학생들이 준비한 선물 중에 휴대용 베개와 머리핀은 별 부담 없이 받았지만, 핸드백만큼은 선뜻 손이 가질 않았다. 고가의 핸드백까지 선물로 받는다면 이보다 더 힘든 상황이 벌어질 수도 있었다. 바로 그 점을 고려한 강 씨는 학생들의 기분이 상하지 않도록 최대한 자세를 낮춘 뒤 거절의 뜻을 밝혔다. 바로 그때였다. 고중생들이 한목소리로 강 씨의 고여 있는 웅덩이를 툭 건드렸다.

"순간 저도 깜짝 놀랐지 뭐예요. 내 말을 진지하게 경청하던 학생들이 아 글쎄, 이리 말하지 않겠습니까. '우리는 선생님을 좋아하는 게 아니라 진심으로 존경한다'는."

어쩌면, 겉치레의 말일 수도 있었다. 하지만 강 씨는 눈물이 핑 돌았다. 누군가를 진심으로 사랑하고 진심으로 대한다면 오랜 장벽도 한순간이라는 생각이 먼저 들었다.

첫 급여를 받는 날, 강 씨는 머릿속이 뒤숭숭했다. 사범 대학 동기들이 왜 한국으로 떠나려 했는지, 이제야 그 심정을 알 것도 같았다. 동기들이 한국에서 80만원을 벌 때 자신은 10만원이 조금 넘는, 720위안을 받았던 것이다.

"매일 새벽 도시락을 싸 주신 아버지께 너무 죄송스러웠습니다. 자랑은 커녕 부정하게 번 돈이 아닌데도 차마 손이 부끄러워 내밀 수가 없는 겁니다. 태어나 그런 기분은 처음이었습니다."

계절도 어느덧 가을에서 겨울로 바뀌어 있었다. 터미널에 도착한 강 씨는 발만 동동 굴릴 뿐이었다. 밤사이 내린 눈으로 6시 정각에 출발하던 첫 버스가 반 시간 넘게 요지부동이었다.

"일주일에 한 번꼴로 그런 일이 발생하니 방법이 없더군요. 걸어서 출근하는 수밖에. 눈길에 넘어지는 건 예사고, 언덕 아래로 나동그라져 엉엉 운 적도 많았습니다."

앞으로, 얼마나 더 버틸 수 있을까? 동절기 때면 이 생각밖에 들지 않았다. 그리고 그때 사귀는 남자가 없었다면 학교를 영영 떠났을지도 모른다. 경찰직 공무원과 열애 끝에 결혼식을 올린 강 씨는 3년 뒤, 도문시 5중학교로 자리를 옮겼다.

조선어는
더 우월하게

조선족 사회에서 익히 강조하는 '민족 교육'이란 무엇일까? 이 점에 대해 묻자 강 씨도 할 말이 많은 표정이다.

"그 첫 번째 이유가 언어 아닐까요? 우리만의 언어를 잃어버린다면 조선족의 정체성도, 민족 문화도 아무런 소용이 없을 테니까요. 해서 교학 때도 우리말을 가장 높은 자리에 둘 수밖에 없습니다. 조선어는 더 우월하게, 한어는 그 다음 순서로 말이죠. 자랑이 아니라 우리 학교는 조선어를 모르는 학생이 단 한 명도 없습니다."

서점에서 구입한 몇 권의 책을 검토한 결과 조선어문 교재도 많이 바뀌어 있었다. 강 씨가 수업하는 8학년 교과서만 보더라도 량계초(중국), 허춘희(조선족), 조기천(북한), 이상화, 정현종(한국), 체호프, 막심 고리끼(러시아), 구리 료헤이(일본), 헬렌 켈러(미국) 등 꽤 다양한 작가들의 작품이 수록되어 있었다.

"십여 년 전부터 기존의 조선(북한) 작품이 한국 작품으로 교체가 된 건 사실입니다. 그로 인해 교학 방식도 주입식에서 소질 교육으로 바뀌었고요. 물론 난관도 있었습니다. 조선말(북한)과 견줬을 때 한국말은 기상 면에서 떨어진다고 할까요? 학생들이 그 부분을 무척 힘들어 했습니다. 과문을 읽어 준 뒤 느낌을 말해 보라고 하면 다들 웃지 않겠습니까. 한국 작품은 너무 밋밋하다면서 말이죠."

방금 강 씨가 말한 기상 부분은 이를 두고 한 말이 아닐까 싶었다.

어찌 이곳에 그를 묻을 줄 알았으리— / 그 생을 즐기던 소년을, / 이 나라의 강물인 양 맑은 그 마음을, / 그 조국애에 끓던 심장을!/ 철호 무덤을 팠다— / 소나무 밑에 전우의 무덤을, / "잠자라 동무야! / 우리들이 우리들이 원쑤 갚으리!" / 하염없이 흐르는 눈물 / 누런 흙에 점점이 떨어진다. / 장백(산)의 높고 낮은 고개고개에 / 이 무덤이 첫 무덤 아닌 줄이야/ 우리 어찌 모르랴!

— 조기천, 「백두산」 부분

내게 행복이 온다면 / 나는 그에게 감사하고 / 내게 불행이 와도 / 나는 또 그에게 감사하다. // 한 번은 밖에서 오고 / 한 번은 안에서 오는 행복이다. // 우리의 행복의 문은 / 밖에서도 열리지만 / 안에서도 열리게 되어 있다.

— 김현승, 「지각知覺 — 행복의 얼굴」 부분

2011년 여름 강 씨에게도 한국 방문 기회가 주어졌다. 재외 동포 재단이 주최한 전 세계 한글 학교 교원 초청으로 한양 대학교 에리카 캠퍼스에 도착한 강 씨는 무릇 감회가 새로웠다. 중국 내 조선족 교원 31명을 포함해 북미, 아주, 중남미 지역 등 연수에 참가한 수만도 58개국 총 233명이나 되었다.

"한국인들은 인사성이 밝고 언어도 참 감칠맛 나더군요. 연수원 교육도 동영상으로 펼쳐져 무척 인상 깊었고요. 아무리 좋은 교육이라도 말로만 떠들어 대는 교육은 지루하고 하품이 나잖습니까. 몇 가지 아쉬웠던 점은 유치원, 소학교, 초·고중을 한데 섞어 놓아 강의의 이해도가 어려웠다는 겁니다. 연수 교육 일정이 너무 빡빡해 교원들에게 주어진 자유 시간이 부족한 것도 흠이라면 흠이었고요. 러시아에서 온 고려인 교원이 여럿 있었는데, 그 교원들과 따로 시간을 내지 못한 게 두고두고 머릿속에 남아 있지 뭡니까."

흔치 않은 자리에서 좋은 기회를 놓치고 말았다는 강 씨에게 그 다음 일정을 물었을 때다. 일순 강 씨의 눈꼬리가 살짝 흔들렸다.

"역사 체험을 한다며 경주로 몰려갔는데, 글쎄 무서워 죽는 줄 알았습니다. 무덤을 지나자 또 무덤, 또 무덤…… 경주는 왜 그렇게 무덤이 많죠? 집채만 한 무덤 말고 뭐, 보이는 게 있어야 말이죠."

그 점은 한국과 다른 것 같네요

사상품성[도덕]을 가르치고 있다는 전금자 교원과 셋이 점심을 먹으러 가는 길이었다. 시원시원한 성미의 강순화 교원이 학교 자랑을 늘어놓았다.

"이래뵈도 도문 5중이 축구와 독서에서만큼은 절대 뒤지지 않습니다. 축구는 전주[옌볜 조선족 자치주] 대회에서 중학 조 우승을 차지했고, 독서는 매일 30분씩 열독 시간이 주어집니다. 심리건강을 튼튼히 하려면 독서만한 보약도 없는데 인차 한국을 따라잡을 수 있을지 어떨지는 앞으로 더 두고 봐야 할 것 같습니다."

"그런데 왜 한국이죠?"

"한국의 학생들도 교학 전에 필히 독서를 한다면서요? 학교마다 독서실도 잘 꾸며져 있고요."

"꼭 그렇지만도 않습니다. 학생들의 독서 시간을 꺼리는 교장과 교원도 더러 있으니까요."

"그게 정말입니까? 실은 우리 학교도 심각한 상황에 처해 있다고 할 수 있습니다. 학생 수가 많을 때는 교원들 간에 경쟁 심리가 무척 심했지만, 이제 그딴 걸 찾아볼 수가 없단 말입다. 1500이 넘었던 학생 수가 300명

민족 교육을 위해서는 우리말 교육을
가장 높은 자리에 두어야 한다고 강조하는
강순화 선생님

으로 마사졌으니……. 축구든 독서든 무엇이라도 학교의 특색을 살려 내
지 못하면 지금보다 더 어려워질 수도 있단 말임다."

"그건 강순화 선생 말이 맞습니다. 학생 수가 급감하면서 학교마다 그
방책을 연구 중인데, 특색 학교를 만들어 내지 못하면 살아남기 힘든 게
지금의 현실이란 말이죠."

올해 26년차인 전금자 교원의 응수에 내심 걱정이 앞서기도 했다. 그의
말대로 특색 학교를 만들지 못할 경우 한족 학교와 조선족 학교의 통폐합
은 더 빨라질 수도 있기 때문이다.

점심을 먹는 자리에서는 한국 드라마와 영화가 주로 거론되었다.

"중국이 한국처럼 개방되지 못한 면도 있겠지만, 한국 드라마는 사실적이

충주 중앙탑에서 마주 보며 건너온 목행 교이다.

고 세밀한 부분에서 인기가 좋은 편입니다. 그렇지만 조금씩 염려가 되기도 합니다. 첫 회와 그 다음 회 것을 보고 나면 어느 정도 결말이 지어진단 말입다."

"영화는 조금 다른 것 같아요. 《해적》과 《명량》을 인터넷에서 다운 받아 봤는데, 《명량》은 학생들에게 꼭 보여 주고 싶은 영화이기도 했습니다. 영화 속에 이런 대사가 가슴에 와 닿더군요. '두려움을 용기로 바꿀 수만 있다면 좋겠다'는……."

강순화 교원은 2500위안을, 전금자 교원은 그보다 1000위안을 더 받는다는 급여 이야기를 끝으로 식당에서 나와 두만강 변을 산책할 때였다. 두만강을 바라보면 어떤 생각이 드느냐는 질문에 강 씨가 대뜸 반문하고 나섰다.

"그러는 작가 선생님은 무슨 생각이 먼저 드시나요?"

"음, 갑갑함이요? 두만강을 보면서 한 번도 후련한 가슴을 못 느껴 봤네요."

"그건 우리도 마찬가지랍니다. 두만강을 바라보고 있으면 불쌍타는 생각이 먼저 듭니다. 조선의 처지가 어렵다는 걸 모르는 사람이 없잖습니까. 그래 한국을 다녀오고 나서 이런 생각까지 들더군요. 한국과 좀 더 일찍 접촉을 시도했더라면 조선족도 지금보다 훨씬 더 크게 발전했을 것이라는. 아시다시피 우리는 조선과 더 가깝게 지내 왔단 말이죠."

"하나만 더 여쭤보겠습니다. 조선족 교사와 학생들도 남북한 통일에 대해 이야기를 하는지요?"

"그 점은 한국과 좀 다른 것 같네요. 통일에 관심이 없다기보다 조선족은 언제라도 마음만 먹으면 한국과 조선을 유랑하듯 다녀올 수 있단 말이죠."

그랬던가? 당연한 이야긴데도 피부에 와 닿기까지는 시간이 좀 더 필요해 보였다. 다 가는데 우리만 못 가는, 어쩌면 그것은 상실의 무게인지도 몰랐다.

자신이 만약 영도라면 학교의 이름을 '두만강 중학교'로 바꿔보고 싶다는 강순화 교원의 참신한 발상을 뒤로한 채 도문 5중으로 다시 돌아가는 길이었다. 전금자 교원의 이야기도 한번 들어보고 싶었다. 량수 중학교에서만 24년을 보냈다지 않은가.

불문율

길림성 용정시 노두구진에 일제가 발굴한 탄광이 들어선 뒤였다. 국적을 불문한 사람들이 떼 지어 모여들었다. 기층민에게 탄광은 그처럼 생계 수단의 마지막 기회이자 거처이기도 했다. 농사는 최하 두 계절을 기다려야 하지만 탄광은 한 달만 잘 견디면 수중에 현금이 들어오기 때문이다.

1966년 노두구에서 출생한 전금자 교원에게 첫 참관 수업은 그러나, 참으로 끔찍한 역사의 비명을 듣는 순간이었다.

"탄부들 머리에 수십 개의 못을 박아 죽인 유골 현장을 참관할 때였죠. 그 끔찍한 광경에 기겁을 한 건 조선족 학생들만이 아니었습니다. 일본에게 당한 심정은 누구라도 똑같지 않겠어요. 노두구 중심 소학교가 한족과 조선족으로 구성돼 참관도 함께했는데, 잔혹한 역사 앞에서 우리는 서로 하나가 된 겁니다."

역사에 관심이 많은 교장이 부임해 오면서 참관 수업 횟수도 부쩍 늘어났다고 했던가. 모처럼만에 3학년 전체가 탄광으로 역사 탐방을 다녀온 뒤였다. 각 학년에 한 반씩 '친구 맺기' 반이 꾸려진다는 소식에 반긴 건 조선족 학생들이었다. 인구 5만의 노두구진은 한족과 조선족 비율이 6 대 4로, 큰소리치며 지낼 만한 상황은 아니었다. 학교마저 한족 반이 더 많았던 것이다.

"조선족 25명, 한족 25명으로 '친구 맺기' 반이 꾸려지면서 좋은 점도 많았습니다. 그동안 서로 소 닭 보듯 했던 사이가 같은 반이 되면서 단결을 만들어 가지 않겠습니까. 학생들 스스로가 준비한 춤과 노래를 들고 위문 공연도 많이 다녔습니다. 문화 혁명 막바지 1976년 때라 교실에만 앉아 있을 수 없었단 말이죠."

"다른 지역에 비해 노두구는 색다른 면이 있었군요. 대부분의 조선족들이 한족과 일정한 거리를 둔 채 살아왔잖습니까?"

"아마도 그건, 부모님의 영향이 컸던 것 같습니다. 두 분 모두 교원 사업을 하셔서 바른길을 먼저 강조하셨거든요. 어떤 민족이든 품성 교양과 법률 상식을 올바르게 갖추지 못하면 낙후된 사회를 살아갈 수밖에 없다면서 말이죠. 한어도 배울 수 있으면 꼭 배워 두라고 하시더군요."

서툴지만 한족 친구들과 중국어와 조선어로 소통하며 지낼 때였다. 이제 작별의 인사를 나눠야 할 시간이 다가오고 있었다.

"어른들 간에는—우리가 잘 모르는—불문율이라는 게 있었던가 봅니다. 한족과 조선족이 서로 친구는 될 수 있지만 절대 혼인을 해서는 안 되는. 인구도 별로 많지 않은 노두구에 중학교가 따로따로 있지 않겠습니까. 이성을 알아갈 때라 둘을 각자 떼어 놓은 거죠. 한족은 1중을, 조선족은 2중을 다녀야 했습니다."

친구들이 있었다

아나운서는 코맹맹이 소리 때문에, 무용수는 발가락이 고르지 못하다는 이유로 그만 꿈을 접어야 했다.

"마지막으로 남은 문학가는 아버지가 그 지원자라고 할 수 있습니다. 조선어문을 가르쳤던 아버지께서 책을 꽤 많이 갖고 계셨는데, 문혁이 원망스럽긴 했습니다. 지식분자로 몰릴까 봐 맑스주의 전집만 남긴 채 모조리 불태웠지 뭡니까."

"중학교 시절에 읽었던 책 중 기억나는 책이 있는지요?"

"소설에 먼저 눈이 가더군요. 나도향의 『벙어리와 삼룡이』, 최서해의 『박돌의 죽음』, 모파상의 『여자의 일생』, 체호프의 『카멜레온』······. 그러자고 한 것도 아닌데 소설만 붙들면 이야기의 결말이 날 때까지 손에서 놓을 수가 없는 겁니다."

전 씨가 아버지를 통해 얻은 건 그뿐만이 아니었다. 문학 외에도 아버지는 음악을 희망하는 학생들의 표정 관리를 따로 지도했는데, 전 씨가 춤과 노래에 흠뻑 빠진 것도 그것과 무관하진 않았다. 방과 후 학생들 틈에 끼어 춤을 추고 나면 갈증 난 목에 시원한 생명수를 들이키는 것 같았다.

"학업으로 1등을 차지했을 때는 그 자리를 또 지켜야 한다는 조바심에 긴장의 끈을 놓을 수가 없잖아요. 그런데 예술은 다르더군요. 등수와 상관없이 스스로가 행복해지지 않겠습니까. 매 순간 따라다녔던 초조함도 신나게 춤을 추고 나면 씻은 듯이 사라졌고요."

그러나 문제는 고등학교 입학이었다. 막상 집을 떠난다 생각하니 한숨밖에 나오지 않았다. 기운차 보이던 노두구의 하늘마저 먹구름이 잔뜩 끼어 있었다.

"사실 노두구에서 용정은 먼 길도 아니었습니다. 백 리가 될까 말까했으니까요. 그런데도 기숙사 생활이 너무 싫더란 말이죠."

전 씨의 예상은 빗나가지 않았다. 노두구 2중이 꿈꾸는 공장이었다면 용정 고중은 사방이 철조망으로 드리워진 군대를 연상시켰다. 특히 기숙사는 몸서리가 쳐졌다.

"세면실보다는 기숙사 방이 더 낫겠다 싶어 바케스에 물을 받아 놓지 않았겠습니까. 다음 날 아침에 머리를 감으려고요. 아 그런데 날이 밝아서 보니 소름이 확 끼치더군요. 받아 놓은 물이 꽁꽁 얼어 있는 겁니다. 지금이라고 해서 크게 달라진 것도 없지만 겨울만 되면 여성병을 호소하는 친구들이 한둘 아니었습니다. 나중에 시집가서 아이를 못 낳으면 이 모든 책임을 학교가 져야 한다는 말까지 돌았고요."

영하 20도를 넘나드는 혹한에도 불구하고 난방이 전혀 되지 않았던 여학생 기숙사. 몸이 허약한 전 씨에게 기숙사 생활은 한계에 도전하는 사투나 다름없었다.

"공부를 위해 다녔다? 그건 아니었던 것 같아요. 교원들이 반겨서 다녔

도문시 제 5 중학교 전경

다? 그것도 아니었던 것 같아요. 밤마다 얼어붙는 내 몸을 친구들이 안아주지 않았다면 용정 고중을 절대 필업하지 못했을 테니까요."

정치를 가르쳤다

연변 대학교 조선어문부 번역반은 잠시도 한눈팔 겨를이 없었다. 조선 문학사, 중국 문학사, 외국 문학사, 문학 개론 등 입학 초부터 수업이 촘촘한 그물처럼 짜여 있었다. 그나마 전 씨가 한시름 놓은 건 교수가 지정한 추천 도서였다. 20여 권 중 이미 읽은 책만 절반이 넘었다.

틈바구니를 좋아하는 바위나리처럼 전 씨도 쭈뼛쭈뼛, 학교 밖을 기웃거렸다. 지난달에는 연변 작가 협회에서 주최한 시 낭송 대회에 다녀왔고, 며칠 전에는 자신이 직접 쓴 자작시를 낭송하기도 했다.

"시간만 잘 쪼개 쓴다면 대학 생활이야말로 알찬 구석이 제법 많더군요. 내 안에 고여 있는 것들을 몽땅 끄집어내 그걸 발표할 기회가 갈수록 많아지지 않겠습니까. 낭송과 낭독을 마쳤을 때 기성 작가들이 들려주는 심사평도 즐거웠고, 대회에 나가 몇 번 1등을 한 적도 있었죠."

무언가를 이뤄 냈다는 게 바로 이런 기분일까? 2학년 말미에 전 씨는 가슴 한 켠이 더욱 뿌듯했다. 출판물을 번역해 고료를 받아 보기는 생전 처음이었다.

"당시만 해도 연변에 '알로에'의 뜻을 아는 사람이 거의 없을 때였죠. 자문을 좀 받으려 해도 사람을 찾는 일이 더 힘들 정도였으니까요. 그런

책을 대학교 2학년생이 번역해 냈으니 어찌 가슴이 뛰지 않겠습니까. 심장이 먼저 기뻐하더란 말이죠."

백여 쪽 분량의 중국어 책을 조선어로 번역하는 일이었다. 시너지 효과처럼 전 씨는 번역 후 하나를 더 얻을 수 있었다. 이른바 자신감이었다. 알로에와 관련된 번역물 작업을 무사히 마치고 나자, 앞으로 무슨 일이든 할 수 있다는 자신감이 생겼다.

학교에 내가 모르는 무슨 일이 있었던 것일까? 1989년 8월 량수 중학교로 발령을 받은 전 씨는 할 말을 잃고 말았다. 조선어문을 전공한 사람한테 정치를 가르치라니, 도대체 말이 될 소린가!

"교장의 설명을 듣고 나서야 인차 수긍이 되더군요. 농촌 학교다 보니 정치를 가르칠 교원이 없었던 겁니다."

그런데 교실이 어수선했다. 말 그대로 마이동풍이었다. 잠시 수업을 중단한 전 씨는 웃음밖에 나오지 않았다. 대부분의 학생들이 중국어를 모른 채 수업을 듣고 있었다. 깊은 자책감에 빠진 전 씨는 중국어로 된 정치 교과서부터 한글로 번역했다.

이제야 제대로 된 처방을 한 걸까? 한글로 번역한 교재를 배포하자 학생들이 정치 선생님 최고라며 전 씨를 한껏 치켜세웠다.

"농촌 학교만의 특성이랄까요. 학생도 교원도 참 따뜻해 보였습니다. 학교에 관사가 없다며 교장이 셋집을 따로 구해 주었는데, 집세에 난방비까지 학교에서 직접 대 주지 않겠습니까."

주거가 안정되자 전 씨도 힘껏 팔을 걷어붙였다. 전 씨는 먼저 학교 복

언어만큼이나 그 민족의 문화를 무시할 수 없다며 『조선 민족의 례의범절』이라는 책을 직접 엮은 전 금자 선생님

도와 교실에 환경 미화 게시판부터 만들었다. 대지는 가꾸는 데서 옥토로 거듭나고, 예술은 꾸미는 데서 그 열매가 주어진다는 사실을 누구보다 잘 알고 있었다. 눈에 보이는 것들이 아름다워야 세상도 그만큼 환해지는 법이었다.

그 다음 순서로 전 씨는 학생들 실력 배양에 힘을 쏟았다. 가망 없다는 농촌 학교일수록 학생들의 실력을 배양시켜 대도시 학교로 진학시키는 게 교원의 급선무였다. 하늘도 그런 전 씨를 지켜보고 있었던지 제법 큰 선물을 안겨 주었다. 훈춘시에서 열린 승학 _{시험을 일컬음} _{승보학제(陞補學製)의 준말로 특전 응시 자격} 시험에서 3학년 학생이 600점 만점에 596점을 받자 량수 중학교는 그야말로 잔칫집 분위기였다.

"교원질을 하다 보면 성심을 다해 받들고 싶은 영도가 있게 마련인데, 량수 중학교 교장 선생님을 평생 못 잊을 것 같네요. 자신보다는 교원을, 교원보다는 학생들을 먼저 생각하는 분이셨죠. '솔선수범'이라는 네 글자를 제 가슴에 심어 준 분도 바로 그 분이셨고요."

한데 왜 자신은 학생들에게 매번 미안한 마음이 드는 것일까. 그건 바로 전 씨가 가르치고 있는 교과가 문제였다. 중국의 정치 과목은 조선족 사회에 대해 들려줄 만한 이야기가 단 한 줄도 없었다. 씩씩함과 용맹함, 단결과 고군분투 등 소위 중국식 재래 정서가 대부분이었다.

1994년 새 학기를 맞은 전 씨는 몹시 들떠 있었다. 교직 다섯 해만에 자신의 전공 과목이었던 조선어문 자리로 돌아온 것이다. 그러나 기쁨도 잠시. 난생처음 들어보는 '결손 가정'이라는 말에 전 씨는 가슴이 먹먹했다. 이태 전만 하더라도 조선족 사회는 차라리 봉건 사회에 가까웠었다. 해외 취업, 국제 결혼, 브로커, 불법 체류, 사기, 결손, 이혼, 불륜……. 모두 낯선 용어들이었다.

"한국 바람이 태풍보다 더 무섭다는 생각밖에 들지 않더군요. 날밤을 새워 만든 교수안이라도 학생들이 호응해 주지 않으면 무슨 소용이 있겠습니까. 그보다 더 안타까운 사실은 하루가 다르게 학생들이 난폭해져 간다는 것이었습니다."

오전 수업을 마치기 바쁘게 전 씨는 가정 방문에 나섰다. 학생들이 처한 상황을 직접 확인하지 않고는 정상적인 수업을 더 이상 진행할 수 없었다.

십여 일에 걸쳐 가정 방문을 모두 마친 전 씨는 상담 자체를 꺼리는 네 명의 학생을 밖으로 따로 불러냈다. 술을 한 잔씩 따라 주자 예상치 못한 일이 벌어졌다. 넷 중에서도 좀처럼 입을 열지 않던 학생이 눈물을 글썽이자, 그 옆에 있던 학생도 자신의 심정을 솔직하게 털어놓았다.

"도시에서 성장한 아이와 농촌에서 성장한 아이의 비교점이 무언 줄 아십니까? 도시에서 자란 아이가 머리로 먼저 응수를 한다면 농촌 아이는 시간이 조금 걸린다는 겁니다. 하늘에서 내린 비가 땅속으로 스며들 때처럼 자신이 한 약속을 반드시 지키려 하지요. 나도 처음이고 학생들도 처음이었던, 그날 술자리에서 있었던 일입니다."

"그럼 교실은 안정을 찾은 겁니까?"

"아니요. 전혀 그렇지 못했습니다. 오히려 상태가 더 나빠지고 말았으니까요. 1차로 나갔던 조선족들이 한국에서 돌아오면서 량수는 더 큰 재난이 발생한 겁니다."

그 대상은 박봉으로 시달리는 조선족 학교 교원들이었다. "여기서 한 달에 10만 원 벌래? 한국에 나가 40만 원 벌래?" 결단코 그것은 헛된 과장도 제스처도 아니었다.

"저도 그때 학교를 그만두려 했지 뭡니까. 학생들을 가르칠 의욕이 생겨야 말이죠. 교원들마다 한국으로 떠나는 게 유행이었단 말입니다."

"그런데도 용케 잘 견디셨나 보네요?"

"견디고 싶어서 견딘 게 아니라, 허약한 신체가 나를 지켜 준 셈이죠. 한국에 나간다고 하자 언니가 대뜸 비웃지 않겠습니까. 그 몸으로는 꿈도 꾸지 말라면서요."

800명에 달했던 학생 수가 와르르 무너진 것도 바로 그 무렵이었다. 한·중 수교 후 조선족 학교는 아랫돌을 빼 윗돌을 괴는 식이었다.

"량수는 특히 1998년이 제일 심했던 것 같아요. 한국에서 벌어온 돈으로 다들 이사를 갔지 뭡니까. 북경, 천진, 상해 등 대도시로 말이죠. 그렇지 못한 사람들은 한국 기업들이 많은 청도나 산동으로 몰려갔고요."

불과 6년 만에 생겨난 일이었다. 남은 학생 수가 76명으로 뚝 떨어지자 량수 중학교도 한족 학교와 통폐합 절차를 밟아야 했다.

조선어문 교과서와 전금자 선생님이 직접 엮었다는 『조선 민족의 례의범절』

　전 씨의 등을 떠민 건 교장이었다. 전도유망한 교원을 더 이상 농촌에 붙잡아 둘 수 없다며 전 씨를 도문 5중으로 안배해 주었다.

　"그때 제 심경이 좀 복잡하긴 했습니다. 한 학교에서 24년을 지냈다면 뼈를 묻을 세월이 아닙니까! 학교가 잘된 모습을 보고 떠났더라면 좋았을 텐데 그러지 못한 게 늘 가슴이 아프네요."

　2년 전 량수에서 도문으로 학교를 옮겼다는 전 씨가 책을 한 권 내밀었다. 자신이 직접 엮은 『조선 민족의 례의범절』이었다. 모두 10장으로 구성된 책 속에는 설, 정월 대보름, 청명, 한식, 단오, 동지 등 우리 민족의 세시 풍속이 고스란히 담겨 있었다.

"량수 중학교에서 정치를 가르칠 때 마음에 걸렸던 부분이기도 했었죠. 조선족 학교에서 조선 민족의 예절을 가르치지 못한다면 어디서 가르치 겠습니까. 그래서 한번 교재로 만들어 본 겁니다. 언어만큼이나 그 민족 의 문화 또한 무시할 수 없는 일이란 말이죠."

아날로그 시대는 이미 지나갔다며 한쪽에서는 거들떠보지도 않는, 그 렇지만 동포들 사회에서는 끝까지 지키려 애쓰는, 전 씨의 민족 문화 예 찬은 그래서 더욱 안쓰러워 보였다. 마치 10차선 하이웨이를 무시한 채 흙먼지 풀풀 날리는 비포장도로를 고집하는 사람처럼……

강순화, 전금자 두 교원과 함께 도서관을 둘러보고 나오는 길이었다. 한국과 1시간 시차를 둔 도문은 벌써 해가 저물고 있었다. 막차를 놓쳐선 안 된다며 재촉한 사람은 강순화 교원이었다. 도문에서 석현을 통근할 때 죽을 만큼 고생을 해 봤다는 그는, 첫차와 막차에 대한 강박 관념이 아직 까지도 남아 있었다.

화룡시 서성진 서성 중학교 | 전길수

유감은 있어도
후회는 없다

학교를 떠나는 날 교실에 촛불 한 자루만 밝혀 놓을 수 있다면

그걸로 만족할 생각입니다. 교원이 학교를 떠나도

학생들은 교실에 남아 있을 테니까요.

유감은 있어도 후회는 없다

화룡 가는 버스를 타고 가다 투도^{頭道}라는 곳에서 내려, 택시로 갈아탔다. 창밖으로 눈 덮인 서성평원이 펼쳐졌다. 동모산^{東牟山}에서 점화된 발해국은 이후 서고성^{西城}, 동경성^{훈춘}, 상경성^{발해} 등지로 수도를 세 차례 더 옮겼는데, 서성^{西城}이 그 두 번째였다. 그런가 하면 투도에서 화룡^{백운평}까지 약 100리 길은 1920년 10월에 청산리 전투가 치열했던 곳이다. 택시에서 내리자 파란색 바탕의 3층 건물이 제법 산뜻해 보였다. 하지만 겉보기와 다르게 서성 중학교는 안으로 들어갈수록 어두운 그림자를 내비쳤다. 학생 수^{33명}보다 교원 수^{54명}가 더 많은 데서 짐작할 수 있듯이 교실마다 찬바람이 불었다.

첫 중국어 수업

오늘은 수업이 없는 날이라며 전길수 교원이 자신의 집으로 가자고 했다. 교장에게 양해를 구한 뒤 학교를 나선 건 오후 1시경이었다. 운전 중에 전 씨가 '세월호' 이야기를 꺼냈다.

"왜 그렇게 맥없이 한 사람도 구하지 못했는지……. 한국을 다시 보게 됐단 말입니다."

"어떻게 말입니까?"

"무능력하지 뭡니까. 기실, 단원 고등학교 학생들이 다 죽어가도록 국가가 별로 한 게 없지 않습니까."

"한국 사회에 관심이 많은 모양이군요?"

"좀 그런 편입니다. 한국에서 3년간 일한 적도 있고요."

'한국에서 일까지……?' 순간 가슴이 뜨끔했다. 살가운 동포라도 한국 실정에 밝은 동포를 만나면 괜한 반감이 생겨난다 할까. 더구나 첫 대화에서 세월호 참사가 거론되자 뭐라고 변명할 요지조차 없었다.

"사실은 그날 우리 학교도 수업을 중단했습니다. 세월호 참사 소식을 접한 교장 선생이 오늘은 공부할 때가 아니라면서 수업을 중단시킨 겁니다."

노무현 대통령 서거 이후 조선족 사회에 두 번째 슬픈 날이었다는 메시지를 끝으로 세월호 참사와 관련한 이야기가 잠잠해진 건 전 씨가 거주하는 아파트에 막 도착한 뒤였다. 2만 위안짜리 아파트를 6000위안에 얻었다며 본래의 일상으로 돌아갔다.

"벌써 13년이 지났네요. 화룡시 정부에서 교원용으로 20채를 지었는데, 그때 얻은 아파트입니다. 6000위안만 내면 입주할 수 있다는 말에 앞뒤 안 보고 응했지 뭡니까. 대신에 이 아파트는 조건이 있습니다. 여기서 살다 나갈 경우 시 정부에 다시 반납해야 합니다."

교직 생활 20년 만에 장만했다는 아파트는 그러나 평수가 생각보다 넓진 않았다. 방 두 칸에, 서너 명 둘러앉으면 꽉 찰 것 같은 거실이 전부였다.

"전 선생님 고향 이야기부터 듣고 싶군요."

"내가 태어난 곳은 천수툰¹에서 골 안으로 더 들어가는, 마개동이라는 마을이었습니다. 나도 나중에 알았는데 할머니의 짧은 인생이 내 출생과 관련이 있더군요. 내가 태어날 무렵 극심한 가뭄으로 꽤 많은 사람들이 아사를 당했는데, 어머니의 젖이 나오지 않자 할머니께서 남의 집 볏단을 몰래 훔쳐 왔던 모양입니다. 갓 태어난 손자에게 미음을 쒀 주려고 말이지요. 하지만 할머니는 그 일로 꼬리가 잡혀 타도를 당했습니다. '사회주의 담벽을 허무는 나쁜 분자'로 몰린 겁니다."

전 씨가 들려주는 고향 이야기에 조선족 작가 김혁이 쓴 『마마꽃, 응달에 피다』가 겹쳐졌다. 그의 소설에 이런 시가 한 편 보였다.

나는 / 죽은 아기를 / 보았다! / 잠풍한 수면 우에 아기의 시체가 떠 있었다. / 물고기처럼 작아 보이는 시체였다. / (중략) / 그리고 아기의 배꼽에는 링게르 줄 같은 괴상한 것이 달려 있었다. / 눈을 꼭 지질러 감은 아기는 잠자는 것처럼 보였다. / 몸을 감쌌던 요가 물에 펼쳐져 흐느적이고 있었고 아기는 그 중심에 떠 있었다.

식량 부족, 빈곤, 정치적 탄압, 이데올로기……. 일제 강점기를 시작으로 한국 전쟁, 중국 문화 혁명에 이르기까지 만주 땅에서 조선족이 겪은 파란은 이루 말할 수 없이 많다. 삭풍이 몰아치는 벌판 한가운데 버려져야 했고, 모두가 평등하기 위해 모두가 굶어 죽어야 했다.

"당시 마개동 주민은 얼마나 됐습니까?"

"한족과 조선족 합해 100호 남짓 됐습니다. 대다수의 조선인들이 양강

도에서 건너온 분들이었고요."

"소학교 시절은 어땠습니까. 특별히 기억나는 것이라도 있습니까?"

"입학하고 두어 달 지나서였을 겁니다. 상해에서 온 지식 청년들이 농촌을 방조 한답시고 마개동 골짝으로 들어오지 않았겠습니까? 그 청년들 덕에 과자도 맛보고, 바나나도 그때 처음 먹어봤습니다."

1968년 중국 전역에 '지식 청년은 농촌에 가서 빈하중농 의 재교육을 받아야 한다', '농촌은 광활한 천지로서 그곳에서 할 일이 많다'는 등의 구호가 하늘을 찌를 때였다. 하지만 농촌의 실정은 중국 공산당 정부가 외치는 것처럼 결코 희망적이지 못했다.

"식량을 생산하는 농촌에서조차 개구리, 뱀, 들쥐를 잡아먹으며 지냈으니 어디 천지 따위가 존재할 수 있겠습니까. 그것도 모자라 우리 집은 마을에서 공동으로 사육하는 소를 죽이는 바람에 죽을 고생을 했지 뭡니까. 아버지의 실수로 그 빚을 벗는 데만 꼬박 4년이 걸리더군요."

소학교에 입학해 첫 중국어를 배우는 시간이었다. 병음조차 제대로 익히지 못한 상태에서 담임은 칠판에 '모 주석 만세!' '중국 공산당 만세!' '반혁명 분자를 타도하자!' 등의 구호를 쓴 뒤 학생들에게 따라 읽으라고 하였다. 그리고 첫 수업은 그것으로 끝이 아니었다. 50여 명의 조무래기 입학생들이 목청껏 구호를 따라 외치자 담임은 학생들을 강당으로 데려 갔다.

"아닌 게 아니라, 눈에서 번쩍 불꽃이 일 때처럼 섬뜩하더군요. 아무런 영문도 모른 채 담임을 따라 강당으로 몰려갔더니 글쎄, 학교 교장이 그곳에서 투쟁을 받고 있지 않겠습니까. 더욱 치가 떨린 건 그 다음 순서였습니다. 이놈의 담임이 입학 첫날부터 우리를 향해 리기택 교장을 타도하자는 구호를 더 힘껏 외치라며 선동질을 해 대지 뭡니까. 중국어 첫 수업은 그렇게 '고린내 나는 아홉 번째 당시 교원을 타도할 때 사용되었던 용어로 공무원 중 교원이 아홉 번째 서열임을 의미했다'를 타도하는 데 이용되었던 겁니다."

중국어에 대한 혐오증은 비단 전 씨만의 문제는 아니었다. 중국어 수업 때면 담당 교원은 대충 설렁 시간 때우기에 바빴다. 어떤 날은 중국어를 모략할 셈으로 마오쩌둥의 한자 발음 표기를 조선어로 표기해 읽는, 차마 웃지 못할 해프닝도 벌어졌다.

백지장 영웅들

화룡시 2중학교에 입학한 전 씨는 점심시간이 이토록 고통스러울 줄 몰랐다. 학교에서 집까지는 왕복 시오리. 점심시간에 맞춰 밥을 먹고 오려면 하루도 숨 가쁘지 않은 날이 없었다.

"학교에서 집으로 가는 길은 그나마 수월한 편이었죠. 반대로 허겁지겁 점심을 먹은 뒤 학교로 다시 돌아갈 적엔 정말 죽을 맛이었고요. 얼마나 뛰었는지 학교에 도착해 보면 배가 푹 꺼져 있는 겁니다."

"등교할 때 집에서 점심을 싸 가면 되잖습니까?"

"그랬다간 학교에서 경을 칠 판인데 무슨 재주로요. 문혁문화 혁명 때 개인 행동은 스스로 무덤을 파는 행위나 다름없었단 말이죠. 점심은 무조건 집에서 해결해야 했습니다. 집에 가기 싫다고 점심시간에 학교에 남아 있어도 안 되고요."

각 학교마다 모택동 사상을 대대적으로 선전하는 교육혁명위원회가 들어선 뒤였다. 정치가 선두로 부상하면서 학교 는 더 이상 예전의 모습을 찾아볼 수 없었다. 학제도 6 3 3 에서 5, 3, 2제로 바뀌었다.

"한마디로 문혁 시기에는 절대 똑똑하게 굴어선 안 됐습니다. 무식하면 살아남고 지식 냄새를 풍겼다간 댕가당 모가지가 날아갔으니까요."

실제로 시험 기간 중에 웃지 못할 일이 발생하기도 했다. 시험 감독관이 정답을 알려 주는데도 그걸 받아쓰는 학생이 없었다. 어떻게든 살아남으려면 모르는 게 약이었다.

그런 반면에 영화 관람은 적당한 모험과 운이 뒤따라야 했다.

"영화방영대 가 이 마을 저 마을로, 농촌을 순회하면서 영화를 돌려 약간의 모험이 필요하긴 했습니다. 다섯 명씩 조를 짠 뒤 영화표를 한 장 사서는 그중 체격이 좋은 친구가 앞장을 서는 겁니다. 선두를 지키는 친구가 손으로 신호를 보내면 우르르 밀면서 들어가는 방식인데, 인차 성공할 때도 있고 실패할 때도 있습니다. 어느 날은 영화를 다 본 뒤 집에 도착할 즈음이면 수탉이 울거나 새벽 하늘이 환하게 밝아올 때도 있었고요. 그만 영화에 미쳐 60리 길을 친구들과 함께 유랑 삼아 다녔던 겁니다."

"주로 어떤 영화들이었습니까."

"《새싹》, 《결렬》 등 위생 교육을 소재로 한 영화들이 많았습니다. 누구라도 여건만 갖춰지면 산뜻한 환경에서 살고 싶어 하잖습니까. 그걸 영화로 만들어 미리 선을 보인 겁니다."

그렇지만 학교는 별로 달라진 게 없었다. 여전히 반공반독 한복판에 놓여 있었다. 오전에 교과 수업을 다 마치면 오후에는 합판 공장으로 이동해 공업을 배웠다. 어려서부터 이론 학습과 노동 실천이 결합되어야만 진정한 인민으로 거듭날 수 있다는 의도에서였다. 사정이 그렇다보니 국어, 수학, 사상품성 등 주요 과목 외에는 교과서마저 모두 폐간되었다.

"반공반독을 풀면 절반은 학생, 절반은 군인이라고 할 수 있습니다. 공장 수업을 마치고 났더니 학농기지로 들어가지 않겠습니까. 세 번째 수업으로 농사짓는 법을 배워야 했던 겁니다. 한데 그곳에서 생각지도 못한 일이 생겼지 뭡니까. 휴식 시간에 교원이 이따금씩 『수호전』을 읽어주었는데 나에게는 정말 꿈 같은 시간이었죠. 책을 좀 읽으려 해도 독서 무용론이 판을 치면서 모택동 사상문과 모택동 어록 외에는 엄두조차 낼 수 없었단 말이죠."

학교 수업보다 집체 노동을 한 시간이 더 많았던 문화 혁명도 막바지로 치닫고 있었다. 짧게는 3년, 길게는 7년을 함께 보낸 대학생들과 작별 인사를 나누는 자리에서 전 씨는 딴생각을 하고 있었다.

"상해에서 온 지식 청년들이 되쎄 부럽긴 했습니다. 어쨌거나 그들은 대학생 신분이었잖습니까. 물론 한편에 안타까운 마음도 없지 않았습니다. 한 여학생은 집으로 편지를 쓸 때마다 울더군요. 스무 살도 채 안 된 청년들이 산 설고 물 선 변강 소수 민족 지구까지 찾아와 그 긴 시간을 보냈으니 왜 고향이 그립지 않고 가족들이 보고 싶지 않았겠습니까. 그런데 막상 그들이 떠나고 나자 내 미래가 꽉 막혀 있더란 말입니다. 당시 우리 집의 형편이 해해년년 식량난에 경제난까지 겹쳐……. 그래 청년들과 이별할 때 시큰둥한 심사를 보였던 겁니다."

마음이 다급해진 전 씨는 자신이 잘하는 과목과 못하는 과목을 쌀에서 뉘 고르듯 골라냈다. 그러나 막상 골라낼 것 골라내고 보니 손에 쥘 만한 게 별로 없었다. 중국어는 병음 자체도 모르거니와 조선어, 화학 등도 기초가 너무 빈약해 보였다. 고작해야 하나 건진 거라곤 수학뿐이었다.

그런 어느 날이었다. 종종 바둑을 두곤 했던 조선어문 교원이 불러 갔더니 다짜고짜 글을 한번 지어 보라고 했다. 밑져야 본전이라는 생각에 전 씨는 펜부터 꺼내 들었다.

송이송이 피어나는 화단의 꽃은
우리우리 얼굴 닮아 곱게 폈어요
귀밑머리 희어진 우리 선생님
주름살 펴시라고 곱게 폈어요

방실방실 웃음 짓는 화단의 꽃은
우리우리 마음 닮아 향기 풍겨요
긴긴 밤 글 쓰시는 우리 선생님
피곤을 푸시라고 향기 풍겨요

「화단의 꽃」이라는 제목으로 한 편의 시를 완성한 뒤였다. 순간 전 씨는 몸 둘 바를 몰랐다. 수학은 학급에서 1, 2등을 달려 곧잘 칭찬을 듣기도 했지만 작문으로 칭찬을 받아 보기는 머리에 털 나고 처음이었다.

"가방 들고 학교만 다녔지, 10년간 지속된 문혁 때문에 공부다운 공부를 해 봤어야 말이죠. 오죽했으면 그 시절에 학교를 다닌 학생들을 두고 '백지장 영웅들'이라는 말까지 나왔겠습니까."

그런 점에서 보면 리창해 교원은 은인 중에 은인이었다. 대학 진학은 꿈조차 꿀 수 없었던 백지장 영웅을 응원해 준 유일한 사람이었던 것이다.

"연변 사범 대학에 떡하니 합격을 하자 집에서도 잔치가 벌어졌지 뭡니까. 그 시절에 구하기 힘든 돼지머리와 흰술을 장만해 리창해 교원과 반 주임도 초대를 했고요. 마개동이 생긴 이래 처음으로 사범 대학 합격자가 생겨난 겁니다."

학교에 미술 교원이
없다고 했다

2년제 과정의 연변 사범 대학은 일어, 한사(중국어), 중사(수학, 조선어문)로 나뉘어 수업이 진행되었다. 중사를 선택한 전 씨는 중국어가 마음에 걸렸다. 중국어를 구성하고 있는 자모, 성모, 운모, 성조에 대해 들어 보긴 했지만 실제로 아는 건 알팍한 수준에 불과했다.

"전공과 별개로 교원이 되려면 중국어에서 3급 이상의 점수를 받아야 하는데, 생각처럼 쉽지는 않더군요. 중국의 지방 방언들이 워낙 복잡

해 북경어를 표준으로 한다는 점도 걸림돌로 작용했고요. 아무래도 소수 민족들은 표준어에 약할 수밖에 없단 말이죠. 왜 한국도 그런 예들이 더러 있잖습니까. 이 지방의 언어를 다른 지방의 백성들이 잘 모르는. 중국은 한국보다 훨씬 심한 편이라고 할 수 있죠. 한어를 모태로 삼은 한족 외에도 55개 소수 민족들이 모여 사는 나라니까요."

"그럼 다른 소수 민족들도 교원이 되려면 중국어를 거쳐야 합니까? 예를 들면 몽골 족이나 위구르 족도요."

"물론입니다. 우리는 그걸 보통화라고 하는데, 보통화 시험에서 낙제점을 받으면 자신이 원하는 길을 갈 수 없습니다."

잠시만 기다리라던 전 씨가 보여 줄 게 있다며 그때 받은 중국어 합격증과 교원 자격증을 가져왔다. 두 개 모두 화룡시 교육국 인장이 선명하게 찍혀 있었다.

1981년 연변 사범 대학교를 졸업한 전 씨는 화룡시 성향 중심 소학교로 첫 배치를 받았다. 그런데 다음 날, 예상치 못한 일이 벌어지고 말았다. 수학 교원이 꿈이었던 전 씨 앞에 미술 과목이 떨어진 것이다.

"학교에 미술 교원이 없다며 영도들이 그쪽을 안배해 조금 어리둥절하긴 했습니다. 작문이라면 또 모를까, 미술은 정말 까막눈이었단 말이죠."

그렇지만 어쩔 텐가, 학교 영도라는 교장으로부터 이미 지시가 떨어진 것을.

울며 겨자 먹기로 전 씨도 화룡시 교육국에서 개설한 미술 교원 강습반을 오가며 색다른 경험을 해야 했다. 미술의 기본 요소인 점 · 선 · 면은 수학과 일치하는 부분이 있어 부담이 덜했지만 질감, 명암, 양감 등 조형 부분은 숨이 턱 막혔다.

"그나마 다행인 점은 전체 학급이 12개밖에 되지 않아 숨고를 시간은 넉넉했다는 겁니다. 강습반에서 배운 걸로 일주일은 무사히 버틸 수 있었으니까요. 물론 애로 사항도 많았습니다. 그림 그리기 수업을 하려 해도 크레파스나 물감이 있어야 말이죠. 한 학급 40명 중에 그림 도구를 제대로 갖춘 학생이 서넛에 불과했으니 수업이야 늘 제자리를 맴도는 수준이었죠."

"첫 급여는 얼마나 받으셨습니까?"

"당시 초급으로 42위안을 받았는데 반년을 모으면 흑백 테레비를, 네다섯 달 모으면 자전거를 살 수 있는 돈이었습니다. 우선 급한 대로 나는 자전거부터 한 대 샀습니다. 집에서 학교까지 거리가 자전거로 30분 이상 걸렸지 뭡니까."

화룡시 제3중학교로 자리를 옮긴 건 그로부터 다섯 해만이었다.

내심 전 씨는 기쁨을 가누지 못했다. 소학교 교원이 중학교로 자리를 옮기는 것도 흔치 않거니와 또한 그 점은 교육국으로부터 어느 정도 인정을 받았음을 의미했다. 한평생 땅만 파고 산 문맹의 아버지도 말하지 않았던가. 화룡에서 제일 큰 조선족 중학교로 발령이 떨어져 이제 여한이 없다고. 그러나 교장과 면담을 마친 전 씨는 앞이 캄캄했다.

"전교생 수가 1000명이 넘는 학교에 미술 교원은 달랑 한 명뿐이었으니 어찌 한숨이 나오지 않겠습니까. 교원이 무슨 머슴도 아니고, 한 주일에 수업만 24교시가 걸려 있더란 말입니다."

눈만 뜨면 하루하루가 그야말로 다람쥐 쳇바퀴의 연속이었다. 학생들 수업 외에도 환경 미화 장식, 각종 활동에 쓰일 현수막 만들기, 다른 과 교원들이 요구하는 환등 그림 등 밤늦게까지 일을 하다 보면 코피가 터지는 건 예사였다.

견디다 못한 전 씨는 제 발로 교육국을 찾아갔다. 교장과 몇 차례 면담을 가졌지만 되레 한숨만 깊어질 뿐이었다. 조금만 더 참아 달라는 말을 믿고 기다린 게 벌써 한 학기를 넘긴 것이다.

"교육국에서는 뭐라고 하던가요?"

"한통속인 줄 모르고 찾아간 내가 어리석었죠, 뭐. 교육국도 학교처럼 똑같은 말만 되풀이하더란 말이죠."

이제 가면 3년 후에

1999년 봄.

학교의 공기가 심상치 않았다. 남아도는 교원을 정리한다는 소리에 한파가 다시 찾아온 듯했다. 돌이켜 보면, 올 것이 온지도 몰랐다. 해를 거듭해 교실의 빈자리가 늘어나면서 학생 수가 반 토막이 난 것이다.

"전체 교원 중 3분의 1에 해당하는 30명을 정리한다는 바람이 불어 댔으니 나부터라도 움츠러들 수밖에요. 교육국에서 내려온 문건 내용도 상당히 충격적이었고요. 먼저 전 교원에게 시험을 보게 한 다음 점수 순위에 따라 그 기간을 3년 주겠다는……."

"순위에서 밀려나면 어떻게 되는 겁니까?"

"첫 해는 100%, 이듬해는 50%, 3년째는 30%의 급여만 지급한다고 돼 있더군요. 그 다음부터는 각자 알아서 하라는 뜻이었죠."

"선생님은 그때 나이가 얼마나 됐습니까?"

"서른둘이요. 한창 일할 때였고 가장 절박한 시기이기도 했지요. 부친께서 병환으로 돌아가시자 어머니를 모셔야 했고, 슬하에 딸까지 있었단 말이죠. 대학을 다니는 남동생도 신경을 써야 했고요."

그러나 세상은 마음처럼 돌아가지 않았다. 시험 순위에서 밀려난 전 씨는 돈을 마련하느라 동분서주했다. 한국을 가려 해도 8만 위안의 돈이 필요했다.

당시의 심정을 전 씨는 자신의 일기장에 다음과 같이 적어 두었다.

'이제 가면 3년 후에나 돌아오는 떠남이다. 내가 원해서 떠나는 것이 아니니 기쁠 것도 없다. 아내가 등을 떠밀었다면 아마 난 가지 않았을 것이다. 누군가 나를 명령하듯 채찍으로 내리친 것이다.

비행기가 이륙할 때 가슴이 쓰리고, 눈앞에 것들이 뿌옇게 보였다. 비행기가 구름바다를 날 때서야 마음이 차분하게 가라앉았다. 정처 없이 떠도는 구름아, 내 인생 수업도 너처럼 이렇게 시작되는구나.'

김포 공항에 내린 전 씨는 조선족 브로커가 알려 준 곳으로 전화를 걸었다. 인천광역시 주안동에 위치한 종이 박스 공장이었다.

공장 견학을 마친 전 씨는 정신이 반쯤 나간 듯했다. 자신이 과연 저 일을 해낼 수 있을지 걱정이 앞섰다.

"생산 현장이 자동 흐름이라 눈이 아찔하더군요. 사람들이 어찌나 빨리

절주 있게 움직이는지, 내가 만약 저들 틈에 끼어 일을 한다면 오작품이 나오거나 나로 인해 기계가 멈춰 설 것 같더란 말이죠."

고개를 내저으며 공장을 빠져나온 전 씨는 두 번째 공장을 찾아갔다. 수원시 팔달면 가재리에 있는 가구 공장은 한결 마음이 놓였다. 무엇보다도 전 씨는 눈알이 핑핑 돌아가는 생산 속도에서 벗어났다는 게 안심이 되었다. 공장 직원도 십여 명 안팎으로 가족적인 분위기였다.

한국에서 맞은
첫 휴일

가구 공장에서 멀지 않은 영신 중학교는 일요일인데도 가을 축제가 한창이었다. 교문 입구에 서서 그 광경을 지켜보던 전 씨는 아직 결정을 내리지 못한 채였다. 학교 안으로 들어가 구경을 하고 싶은데 선뜻 용기가 나지 않았다. 경비실에서 외부인 출입을 엄하게 통제하고 있었다.

그때 마침, 교원으로 보이는 40대 후반의 남자가 경비실 쪽으로 걸어오고 있었다. 전 씨는 그의 앞으로 달려가 자신의 신분을 밝힌 뒤, 참관 의사를 내비쳤다.

"명함장을 주어 봤더니 최성필이라는 학생 부장이더군요. 그 분의 안내로 중학생들이 직접 찍어 전시한 풍경 사진과 문예부 학생들의 시화를 즐겁게 감상했지 뭡니까. 조선족 학생들은 작문 시간에 수필을 주로 쓰는 반면 한국 학생들은 시를 더 즐겨 쓰더군요."

한국에서 머물 때 전 씨가 즐겨 찾은 곳도 바로 영신 중학교였다. 최성필 선생이 경비실에 따로 말을 해 두어 언제든 자유롭게 방문할 수 있었는데, 그때마다 전 씨는 하루속히 학교로 돌아가고 싶었다. 학교만큼 싱그럽고 상큼하고 따뜻한 곳도 없었다. 영신 중학교 학생들이 조잘거리는 소리를 듣고 있으면 멈췄던 맥박이 다시 뛰는 것 같았다.

한국에서 보낸 3년의 소감을 묻자, 전 씨는 서둘지 않았다.

"한국은 곳곳에 학습관이 많아 좋더군요. 어느 한번 나도 일요일에 경복궁을 참관했었는데, 마침 그곳에 중국관이 있어 들어갔다 낯 뜨거움을 느꼈지 뭡니까. 중국 공민으로 살면서도 중국에 대해 잘 몰랐던 부분을 한국에서 알아냈다 할까요? 역사에 좀 더 깊은 관심을 가져야겠다는 깨우침을 얻었습니다. 두 번째는 영신 중학교 학생들과 담화를 하면서 느낀 건데, 과외 지식이 상당할 뿐 아니라 그 폭도 꽤 넓더군요. 내 딴에 수준이 좀 높다고 판단되는 것들도 담화를 해 보면 학생들과 상대가 되더란 말이죠. 자신이 직접 사진 찍고 녹음하고 기록하는 학생들의 현장 학습 수업도 느낀 점이 많았습니다. 세 번째는 한국 교원들의 지식 수준이었습니다. 사범 대학 시절에 이미 높은 경쟁률을 뚫고 교원으로 선발된다는 걸 알고부터는 저절로 고개가 끄덕여지지 않겠습니까. 조선족 사범 대학에서는 찾아보기 힘든 일이란 말이죠. 좀 거칠게 표현하면 요즘 조선족 사범 대학은 아무나 들어갈 수 있는 그런 대학이 되고 말았습니다. 이제 마지막으로, 종로에 있는 서점에 놀러갔다 뒤로 깜짝 넘어지는 줄 알았습니다. 책을 읽든 읽지 않든 서점 안이 인산인해를 이뤄 감동을 두 배로 받았지 뭡니까."

화룡시 서성진 서성 중학교 전경

전 씨가 한국을 떠난 건 2003년 2월, 대구 지하철 화재 참사가 일어난 그 다음 날이었다. 중국에 도착한 전 씨는 어머니 산소부터 찾았다.

촛불 한 자루

2000년 1월, 아내로부터 어머니의 부음 소식을 전해 들은 전 씨는 어둠 속에서 하염없이 눈물만 흘렸다.

뜬눈으로 밤을 지샌 전 씨는 기숙사를 나와 인근 산으로 향했다. 어머니가 계시는 방향의 산마루에 미리 준비한 술과 음식을 차린 전 씨는 큰 절을 두 배 올렸다.

"불법 체류 신세만 아니었다면 한걸음에 달려갔을 겁니다. 태어나 가장 큰 죄를 짓고 있었으니까요. 그리고 그날 정말 고마운 건 공장의 동료들이었습니다. 해가 저물어 산에서 내려오자 동료들이 나를 위로하는 음식상을 차려 놓았지 뭡니까. 또 한 번 울고 말았습니다."

"불법 체류로 3년을 지냈다면 여행 비자를 받은 건가요?"

"중국은 해외여행이 영 까다로운 편입니다. 특별한 경우가 아니면 해외에서 한 달 이상 체류는 불가능하니까요."

3년 만에 다시 돌아온 화룡은 희비가 엇갈렸다. 중앙 교육국에 진정서를 제출해 1년 만에 복직한 교원이 있는가 하면, 미련 없이 학교를 떠난 교원도 있었다.

"양쪽 소식을 듣고 나니 반감이 먼저 생기더군요, 국가가 무엇이기에 교원을 이토록 홀대하는가 하는. 교원들 대부분이 어려운 환경 속에서 대학을 다녔단 말이죠."

화장실을 갈 때 마음과 나올 때의 마음이 다르다는 건 이를 두고 한 말이었을까. 복직을 위해 찾아간 교육국 반응에 전 씨는 배신감마저 들었다.

"3년 전 내가 몸담았던 3중은 미술 교원이 다 찼다며 수학 교원을 제안하지 않겠습니까. 그렇게는 못 하겠다고 하자 한술 더 떠 이번에는 시골학교를 권하더군요. 병 주고 약 주는 것도 아니고, 하도 기가 차서 그냥 나와 버렸지 뭡니까."

터덜터덜 집으로 돌아가는 길이었다. 더는 복직 문제로 싸우고 싶지 않아 전 씨는 옷에 묻은 먼지를 털듯 훌훌 털어 버렸다. 교육 현장에서 좋고 나쁜 학교가 무슨 소용이란 말인가? 학생은 그냥 학생일 뿐이었다.

"혼자 낮술을 마시는데 뭔가 그림처럼 펼쳐지지 않겠습니까, 세상에서 가장 아름다운 학교는 관현악일지도 모른다는. 바이올린을 연주하는 학생만 각광을 받는 학교라면 두 번 다시 가고 싶지 않더군요."

세 해 만에 복직한 서성 중학교는 인구 2만의 한적한 면 소재지에 자리하고 있었다.

흔히들 하는 말로 편벽한 농촌 학교는 학생들의 가정 환경이 좀 어렵다는 것 말고는 하나같이 순박해 보였다. 그 학교에 미술 교원으로 부임한 전 씨는 버드나무 그늘에 벤치부터 만들었다. 날이 더 더워지면 그곳에서 야외 사생도 즐기고, 단풍이 물들어 갈 때면 나뭇잎으로 조형을 할 생각이었다.

미술 시간에 그림을 그리고 있는 서성 중학교 학생들

索尼（中国）捐赠   索尼（中国）捐贈

"욕심을 버리니 몸이 가벼워지고, 마음을 비워 내니 학생들 하나하나가 참 예쁘게 보이더군요. 한국에서 보고 느낀 대로 학기마다 전교생 미술 전람회를 열었더니 학생들도 무척 좋아하고요."

"한국 이야기가 나온 김에 하나만 더 물어보겠습니다. 생각만큼 돈은 좀 버셨습니까?"

"첫 달에 70만 원을 받아 어리둥절하긴 했습니다. 인민폐로 환산하니 내 월급의 네 배가 되더군요. 그렇지만 1년 반 동안은 중국에서 빚 얻은 것 갚느라 술도 상점에서 사다 마셨습니다. 휴일에는 주로 장기나 바둑을 두면서 하루를 보냈고요."

"학교가 좀 위태로워 보이던데……. 학생 수보다 교원 수가 더 많은 것도 그렇고요."

"세상이 변하는 걸 학교라고 영원할 수 있겠습니까. 이제는 조용히, 물 흐르듯 흘러갈 생각입니다. 수학 교원이 됐어야 할 사람을 미술 교원으로 잔뜩 부려 먹었지 않습니까."

"누가 말입니까?"

"누군 누구겠습니까, 국가지."

"그래서 유감이 많다는 뜻인가요?"

"유감은 있지만, 그렇다고 후회는 없습니다. 학생은 학생일 뿐이듯 교원도 어느 과목을 맡든 교

서성 중학교 학생들이 그린 그림

원밖에 더 되겠습니까. 그냥 학교를 떠나는 날 교실에 촛불 한 자루만 밝혀 놓을 수 있다면 그걸로 만족할 생각입니다. 교원이 학교를 떠나도 학생들은 교실에 남아 있을 테니까요."

크지도 작지도 않은, 내세울 것도 숨길 것도 없는, 교원은 그저 한 장의 그림을 완성해 가는 학생들 뒤에서 도움을 주는 아주 작은 존재에 불과할 뿐이라고 했던가. 말은 좀 어눌할지 몰라도 전길수 교원은 흙처럼 따뜻한 내성을 가지고 있었다.

안도현 조선족 학교 | 전문혁, 림명자

나는 인민 교원이 되고 싶었소

"상관 따위에게 잘 보이려 하지 마라.

그럴 시간에 아이들을 먼저 보아라."

이 두 문장이 아버지가 저한테 가르쳐 준 교직의 좌우명이었단 말이죠.

아버지가 일러 준 교직의 좌우명을 묵묵히 실천하고 있는 전문혁 선생

나는 인민 교원이 되고 싶었소

2008년 신축한 안도현 조선족 학교는 '애국주의 교육 기지' 표어가 인상적이었다. 항일 독립운동 시절을 다시 보는 듯했다. 1906년 용정에 최초로 설립한 '서전의숙瑞甸義塾'을 시작으로 명동, 경신, 밀강 등 많은 조선 학교들이 반일 애국주의 교육의 근거지가 되었던 것이다. 점심시간을 맞아 여학생들이 운동장 벤치에 모여 있었다. 쌓인 눈을 손으로 뭉쳐 만들고 있는 건 다름 아닌 알파벳이었다. 인기척에 한 여학생이 흩어져 있는 알파벳을 한 줄로 꿰자 곧 'LOVE'가 완성되었다. "러브가 뭐에요?" "사랑이요." "사랑은 뭐에요?" "동무가 기쁠 때 함께 기뻐해 주고 슬플 때는 위로해 주는 거요." 다섯 명의 여학생들이 한목소리로 '사랑'을 정의할 때였다. 눈밭에 놓인 LOVE가 왠지 더 따뜻하게 느껴졌다. 사랑은 '나'에게서 '우리'로 번져 갈 때 더욱 빛을 발했던 것이다.

이왕 갈 거면
멀리 가자

전문혁 선생이 안내한 곳은 2층 과학 실험실이었다. 커피를 타 온 그가 먼저 말문을 열었다.

"연길에서 먼 거리는 아니죠?"

"백두산을 갈 때 몇 번 스쳐 지난 적 있습니다. 두만강과 백두산의 중간 쯤 되는가요?"

"바로 봤습니다. 안도에서 도문까지 삼백 리 길이니 그 중간에 있 는 셈이죠. 화룡과 돈화 쪽 길이 뚫리기 전에는 안도를 반드시 거쳐야만 백두산을 갈 수 있었고요."

그런 말이 있었다, 연변 지역에서 안도가 막히면 전후좌우 모든 길이 막 히고 만다는. 그만큼 안도는 중요한 군사 요충지였다.

"학교는 어떻습니까?"

"초중 200명에 소학생은 350명가량 됩니다. 10여 년 전에 비하면 형편 없죠. 절반이 줄었으니."

안도현에 전기가 들어온 건 1981년이었다. 유년 시절 등잔불 밑에서 『서유기』, 『수호전』, 『삼국연』을 재밌게 읽었다는 전 씨는 영화에 대한 추 억도 가지고 있었다.

"인구 10만이 조금 넘는 도시에 극장만 세 개였으니 철도국 덕을 톡톡 히 본 셈이죠. 그중 두 개를 철도국에서 운영했으니까요. 그때 봤던 영화 로는 《기관사의 아들》, 《금희와 은희》, 《꽃 파는 처녀》 등 주로 북한에서 들어온 영화들이 많았습니다."

안도에서 나고 자란 전 씨에게 독서와 영화는 유일한 오아시스였다. 고 등학교를 졸업할 때까지 한 번도 고향을 벗어나 본 적이 없었다. 소도시 의 삶이 그랬다. 누군가 나무를 옮겨 심지 않으면 떠날 일이 별로 없었다. 하지만 그에게도 떠나야 할 시간이 가까워 오고 있었다.

그 신체로는 힘든 노동을 할 수 없다는 아버지의 조언에 따라 전 씨는 연변 사범 대학교에 진학했다. 중학생들을 가르치는 부친처럼 자신도 교직자의 길을 걸어 볼 생각이었다.

"건강에 특별히 문제가 있었던 건 아니고, 상대적으로 신체 조건이 부실했던 것만은 사실입니다. 그걸 지켜본 부친께서 머잖아 사회로 나갈 첫 문을 열어 주신 거고요."

1990년 초여름. 첫 발령지 지망 서류를 받아 든 전 씨는 입장이 난처했다. 1지망으로 안도를 쓰려니 아버지가 마음에 걸렸다. 부자가 나란히 같은 학교에서 근무를 한다면……. 그것만큼은 피하고 싶었다.

"안도를 포기하자 불현듯 이 생각이 들지 뭐요. 이왕 갈 거면 멀리 한번 가 보자는. 그렇게 해서 찾아간 곳이 백두산 초입에 자리한 송강이라는 곳이었습니다."

흙먼지 나부끼는 비포장도로를 4시간 남짓 달려 도착한 송강 제6 중학교는 산간에 있었다. 교실로 들어선 전 씨는 쥐구멍에라도 들어가고 싶은 심정이었다. 자신의 옷차림이 일반적인 수준이었다면 학생들은 헐벗었다는 표현이 더 어울려 보였다. 제대로 옷을 갖춰 입은 학생이 단 한 명도 없었다.

"더욱 난감했던 건 흑판이었습니다. 글쎄 흑판이 배구 네트처럼 두 개의 나무 기둥에 걸려 있지 않겠습니까. 내 딴에는 애 좀 먹었습니다. 흑판에 글씨를 쓴 뒤 보면 심기가 잔뜩 불편한 사람처럼 한쪽으로 기울어 있지 뭡니까."

교사를 흙으로 지은 탓이었다. 칠판의 무게를 견뎌 내기엔 흙벽이 너무 부실해 보였다.

반면 학생들의 심성은 순진무구 그 자체였다. 선생님을 위해 한 학생이 삶은 옥수수를 가져오자 다음 날 다른 학생이 수수떡을 가져왔다. 그런가 하면 학생들은 관사에서 혼자 지내는 선생님이 따분할까 봐 공휴일에도 어김없이 학교를 찾아 주었다.

"너무 고맙지 뭡니까. 산간에 틀어박혀 있으려니 자꾸 처량한 생각만 들고, 안도를 다녀오려 해도 오가는 시간 버리고 나면 몸만 더 피곤하고……. 그런 담임을 위해 10리 길을 마다 않고 달려와 주었으니 가슴이 울컥할 수밖에요."

여름 방학을 맞은 전 씨는 다섯 명의 학생과 연길행 버스에 올랐다. 마음의 빚도 갚을 겸 학생들에게 대도시를 보여 준다면 학습에도 큰 도움이 될 것 같았다. 그런데 무슨 일인지 다섯 명의 학생들이 전 씨 뒤만 졸졸 따라다녔다. 너희들끼리 한번 다녀 보라고 해도 별 소용이 없었다.

"산과 강, 들만 보고 자란 아이들한테 대도시는 그만큼 충격이 클 수밖에요. 첫날 한 학생이 이런 말을 하더군요. 인차 송강으로 돌아가고 싶다고. 내 중학교 시절을 보는 것 같아 마음 한구석이 짠하긴 했습니다. 그나마 나는 소도시에서 살아 영화를 접할 기회라도 있었잖습니까."

일주일의 도시 여행을 마치고 학교로 다시 돌아온 날이었다. 전 씨 앞에 푸짐한 상이 차려졌다.

"연변 지역에서 이도백하 토닭은 그 유명세가 널리 알려져 있는 편인데, 학생들 덕에 입이 즐겁긴 했습니다. 그날 만찬을 계기로 학부형들이 돌아가면서 초대를 하지 않겠습니까. 그것도 토닭에 백두산에서 캔 각종 약초를 듬뿍 넣어 말이죠."

　백두산 자락에 위치한 송강은 해가 무척 짧았다. 도시보다 한 시간 일찍 저물어, 첫 발령지에서의 3년도 훌쩍 지나갔다. 한 학급을 내리 3년간 담임을 맡은 전 씨는 고등학교와 사범 학교로 진학하는 제자들을 먼저 떠나보낸 뒤, 제4중학교로 자리를 옮겼다.

유능한 자
무능한 자

　안도현 제4중학교로 출근한 지 한 달여쯤 지나서였다. 전 씨는 법원 쪽의 제의를 정중히 거절했다. 법원으로 자리를 옮길 생각도 없거니와 성공이라는 말이 귀에 거슬렸다.

　"법원이나 공안국(경찰청)에서 조선어문 교원을 좋아할 수밖에 없는 것이, 조선어와 중국어를 동시에 구사하는 데다 문건 작성도 한결 매끄럽단 말이죠. 문장도 대체로 고른 편이고요. 그렇지만 난 법원에서 걸려 온 전화를 받은 뒤 이렇게 말하고 싶었습니다. 그쪽 길은 매우 단순할 수도 있다는. 나 하나쯤의 성공이야 보장받을 수 있겠지만 여러 명을 성공시킬 수 있는 자리는 아니잖습니까. 또한 그 자리는 부친께서 원치 않는 자리이기도 했습니다. "상관 따위에게 잘 보이려 하지 마라. 그럴 시간에 아이들을 먼저 보아라." 이 두 문장이 아버지가 저한테 가르쳐 준 교직의 좌우명이었단 말이죠."

안도현 조선족 학교 전경

그렇지만 환경은 실로 간단한 문제가 아니었다. 산골 학교에서 21명을 가르치다 45명의 학생을 가르치려니 온몸의 피로가 고스란히 느껴졌다. 특히 담임 앞에서 할 말 다하는 학생과 맞닥뜨릴 땐 송강으로 다시 돌아가고 싶었다. 이타적인 면이라곤 눈곱만큼도 찾아볼 수 없었다.

"한·중 개방이 난순히 돈벌이용 취업만은 아니었던 것 같아요. 그보다 더 무서운 바람이 한국 방송이었으니까요. 한국을 흉내 낸답시고 학생들이 교육국으로 전화 걸어 교원을 해치는 일까지 벌어졌으니 교육 현장에서 이보다 더 심각한 사태가 또 어디에 있겠습니까. 방법을 찾던 중 나도 5년 만에 처음으로 매를 들기 시작했는데, 학교를 떠나는 한이 있더라도 학생들이 교원을 해치는 일만은 도저히 눈감아 줄 수가 없는 겁니다."

위성으로 시청하는 한국 텔레비전의 여파 탓이었을까, 아니면 당연한 결과였을까. 학부모와 학생들에 이어 교원들이 웅성거렸다. 더는 교원 질도 못 해 먹겠다며 1년 사이에 학교를 그만둔 교원이 부지기수였다.

전 씨의 집이라고 사정이 크게 다르진 않았다. 그러니까 아내가 한국으로 출국하는 날이었다. 전 씨는 속으로 벙어리 냉가슴을 앓아야 했다.

"교원이라는 직업이 정말 형편없더군요. 내 월급만으로는 연길에서 고중을 다니는 딸 하나 가르치기도 벅차지 않겠습니까. 그렇다고 먹던 밥을 당장 팽개칠 수도 없고……. 아버지 세대 교원들이 부러울 따름이었습니다. 그때는 아버지 혼자 벌어서도 자식 셋을 대학까지 보냈단 말이죠."

"한국에 나가 볼 생각은 없었습니까?"

"왜 없었겠습니까. 한국 취업 바람이 불면서 이런 말까지 생겨났는데.

'떠나는 자는 유능하고 못 떠나는 자는 무능하다'는. 그런데 아내가 극구 만류하더군요. 우리가 마지막으로 살 곳은 한국이 아니니 절대 딴생각 말라고. 한국으로 떠나면서도 아내는 노후를 살아갈 교직 연금을 생각하고 있었던 겁니다."

아내가 한국으로 떠난 뒤 전 씨는 부친의 고향을 그려 보곤 했다.

'중국 길림성 안도현에서 충청북도 충주군 가금면 봉황리까지는 얼마나 될까?

한때 작가를 꿈꾸었던 전 씨의 부친은 당신의 고향 이야기를 글로 써서 보여 준 적도 있었다. 전 씨는 그 글을 통해 봉황리를 '능바위'라 불렀다는 사실과 조상들이 무슨 연유로 고향을 떠나야만 했는지도 알게 되었다. 그 배후에 섬나라 일본이 있었다. 만주 사변 직후 일제의 강제 이주 정책으로 안도현에 조선인 집단촌이 생긴 것이다.

여기까지가 희망

2011년 8월 전 씨는 한국행 비행기에 올랐다. 인천 공항에 내린 전 씨는 당혹스러움을 감추지 못했다. 중학교를 다닐 때만 해도 자신의 뇌리에 한국은 거지들이 우글거리는 나라로 각인되어 있었다.

"해방 후 조선족 교육의 토대가 북한에서 비롯되었잖습니까. 모두 그때 익힌 것들입니다. 남조선은 온갖 거지들과 미제의 앞잡이들로 득실거린다는. 그런데 막상 도착해 보니 새빨간 거짓말이더군요. 중국보다 훨씬 더 문명화되어 있더란 말이죠. 거리도 깨끗하고 질서도 안정적이고."

차창 너머로 펼쳐진 한국의 발전된 모습은 그러나 곧 시들해지고 말았다. 아내가 일하는 식당으로 들어선 전 씨는 차마 입이 떨어지지 않았다.

"반갑게 인사를 나눈 순댓국집 사장이 정색을 한 채 묻지 않겠소. 교직에 있다는 양반이 어찌하여 아내를 이런 데서 일하게 하느냐고 말이오."

초면에 따지듯 덤비는 순댓국집 사장의 태도에 전 씨도 한 가지 궁금한 게 있었다. 한국 교원의 급여였다. 대관절 월급을 얼마나 받기에 이런 소리까지 들어야 하는지 꼭 좀 알고 싶었다.

"식당 주인의 말에 깜짝 놀라긴 했습니다. 우리 쪽 기준에서 보면 내 아내가 버는 돈도 적은 액수는 아닌데 한국 교사들은 그보다 두 곱을 더 벌지 뭡니까. 거기에다 보너스와 복지 혜택도 상당 수준이고요."

"대신 이쪽과 저쪽의 물가가 다르잖습니까?"

"그걸 감안한다 하더라도 높은 것만은 사실이더군요. 다녀 봐서 알겠지만 여기 물가도 한국 못지않단 말이죠."

"부친의 고향은 가 보셨습니까?"

"잠깐 다녀오긴 했는데, 봉황리까지는 보지 못했습니다. 그곳에 아는 사람이 있어야 말이죠. 충주까지 갔다가 되돌아왔습니다."

"한국 방문 이야기 좀 더 들려주시죠. 교직 생활 30년 만에 떠난 첫 해외 나들이셨잖습니까."

"직업이 직업이다 보니 학교가 제일 궁금하지 뭐요. 그렇지만 실패하고 말았습니다. 학교를 지키는 경비원이 내 연변 말투를 알아차리곤 막무가내로 틀어 막지 않겠습니까. 그래 그날 아내한테 꾸중 좀 들었습니다. 한국에서 연변 사투리를 썼다간 문전박대 당하기 십상이라 하더군요."

백문이 불여일견이라 했던가. 전 씨가 마지막으로 들려준 이야기는 음식이었다.

"연변에서 생산하는 순대와 비교했을 때 한국 순대는 높은 점수를 주기가 어렵더군요. 한마디로 차진 맛이 전혀 없었습니다. 대신에 수입산 고기와 국내산 고기는 우리와 정반대라는 걸 알았습니다. 중국은 국내산보다 외국산 고기를 더 높게 평가한단 말이죠. 가격도 수입산 고기가 더 비싸고요."

순대라면 또 모를까, 국내산과 수입산 고기에 대해서는 딱히 들려줄 말이 없었다. 연변 지역의 찹쌀 순대는 그걸 직접 먹어 본 한국인들이 이미 맛의 평가를 내렸기 때문이다.

"조선족 학교의 정황이 궁금하군요. 한국처럼 이곳도 저출산 문제로 문을 닫는 학교들이 늘고 있나요?"

"여기도 무척 심각한 편입니다. 주 정부에서 직접 아이를 낳는 가정에는 5만 위안한화 약 1천만 원을 주겠다고 선포까지 했으니까요. 조선족 학교의 경우는 촉각을 곤두세우는 지경에 이르렀다고 보면 될 것 같습니다. 우리 학교도 매년 40여 명의 소학생들이 입학을 하고 있는데, 이 학생들이 초중까지 졸업을 하려면 최하 9년은 걸리지 않겠습니까. 여기까지가 희망이고 그 다음은 절망인 셈이죠."

"조선족 학교에 한족 출신 교원들이 적지 않던데 이 문제는 어떻게 봐야 할까요?"

"교육이라는 거이 본래 자기 일신을 불태워 인민에게 광명을 주자는 사업 아입네까?" 림명자 교원은
낯선 어투, 투박하면서도 단호한 목소리로 말했다

"참으로 난감한 질문이군요. 한족들이 교직을 매우 고귀하게 여겨서 말
이죠. 물론 여기에는 우리 쪽의 문제가 더 크다고 할 수 있습니다. 똑같은
액수의 돈을 가지고도 한족 교원과 조선족 교원의 씀씀이가 다른 것만은

사실이니까요. 소비가 헤픈 조선족이 근검을 일상처럼 여기는 한족한테 꼭 배워야 할 점이기도 하고요."

한족 출신 교원들이 조선족 교원의 빈자리를 메우기 시작한 건 10여 년 전부터였다. 처음 몇 해는 조선어를 할 줄 아는 한족 교원이 들어와 마음이 놓였지만 시간이 지나면서 그 수가 떨어진 것도 사실이다. 전 씨가 염려하는 부분도 바로 그 점이었다. 한족 출신의 교원이 중국어로 수업을 할 경우 심각한 동화 현상을 초래할 수 있기 때문이다.

잠깐 화장실을 다녀온 뒤였다. 자신의 이야기는 이 정도로 하고, 꼭 소개할 사람이 있다고 했다. 전 씨가 추천한 사람은 림명자 교원이었다.

쉬운 길 어려운 길

오십대로 접어든 림명자 교원은 가녀린 체구에 몹시 지쳐 보였다. 얼굴 가득 피곤함이 묻어났다. 하지만 그는 일없다며 부러 손사래를 쳤다.

"내 이래봬도 체질은 단단하니 염려마시라요. 교육이라는 거이 본래 자기 일신을 불태워 인민에게 광명을 주자는 사업 아입네까?"

낯선 어투, 투박하면서도 단호한 목소리. 자연 끌릴 수밖에 없었다. "나르 뉘긘 줄으 알구 함부로 기런 말으 함둥?" 안수길이 쓴 『북간도』를 읽을 때도 울다가 웃다가, 언어의 감칠맛에 꼬박 밤을 샜던 것이다.

안도현에서 삼십 리 떨어진, 1933년에 설립한 량병 소학교를 거쳐 량병 중학교에 입학한 림 씨는 수학 선생님만 보면 절로 힘이 났다.

"기실은 최옥자 선생님이 다리를 절었습네다. 아, 기런데도 학생들을 영 열심히 가르치더란 말입네. 내 그때 선생님을 지켜보면서리 마음을 다 졌지 뭡네까. 나도 저 선생님처럼 교원의 길을 꼭 밟아가겠노라고."

중학교 2학년 무렵이었다. 최옥자 선생님을 가슴에 품은 림 씨는 공부에만 집중했다. 꿈만 가졌다고 해서 사범 대학교 진학이 저절로 되는 건 아니었다. 3학년 전체에서 2등은 해야 입학 추천을 받을 수 있었다.

자신의 계획대로 림 씨는 1981년 연변 사범 대학교에 입학했다. 그의 나이 열여섯 살 때의 일이다.

"당시만 해도 사범 대학 입학 조건이 무척 까다로웠소. 성적, 품행, 사상 중 어느 것 하나라도 문제가 있을 경우 입학이 어려웠단 말임."

국어를 좋아했지만 림 씨는 최옥자 선생처럼 수학을 전공했다. 쉬운 길보다는 어렵고 힘든 길, 참다운 교원의 길은 그렇게 가는 거라고 여겼다. 각자 전공을 선택할 때도 조선어문은 넘쳐났지만 수학과 물리는 그 반대 현상을 보였다.

입학 초부터 연변 사범 대학은 면학 분위기가 물씬 풍겼다. 노는 학생보다 공부하는 학생이 더 많았다. 그리고 방학 때면 농촌을 찾아가 농민들의 일손을 돕곤 했다. 문화 혁명이 끝나긴 했어도 중국은 농촌 집단화 정책이 견고해 한시도 그 점을 소홀히 할 수 없었다.

1986년 7월, 졸업식이 열리는 날이었다. 림 씨는 그날을 오롯이 기억하고 있었다.

"연단으로 불려 나가 졸업장을 받는데, 심장이 막 뛰지 않겠소. 내 그때 한 번 더 다짐을 했었꼬마. 영광스러운 '인민 교원' 칭호를 절대 욕되게 하지 않겠노라고."

돌아보면 소학교 5학년 2학기는 림 씨에게 적잖은 상처를 남겼다. 수학 경시 대회에서 교원 딸은 82점을, 자신은 97점을 받은 게 잘못이라면 잘 못이었다.

"마땅히 칭찬을 해줘야 할 반 주임이 길쎄 엉뚱한 소리를 지껄이지 않 겠소. 한 학년 높은 교원 딸에게 우수상을 양보하면 인차 또 대회에 나갈 기회를 주겠다면서 말이오. 내 그때 피뜩 깨달았지 뭐요. 이건 학생의 문 제가 아니라 중국 사회 전체의 현상이라는 것을. 어린 학생을 앞에 두고 교원이라는 자가 그딴 짓을 하는 게 영 싫더란 말이오."

"그래서 양보를 하셨습니까?"

"무스그! 나도 승벽이 강한 사람인데 물러설 수야 없지. 나중에 미움을 받더라도 싸울 땐 싸워야 하오."

졸업식을 마친 림 씨는 부모님이 계시는 안도로 향했다. 이제부터 자신 의 꿈을 펼쳐 보일 차례였다.

드팀없는
신념 하나로

제 1 실험 소학교는 오전과 오후, 2부제로 수업을 진행했다. 오후 반 담 임을 맡은 림 씨는 수업 전 학생들을 자신의 집으로 불러들였다.

"공부 못한다고, 학생만 꾸짖고 탓하는 교원이야말로 자신의 자질부터 먼저 저울에 달아야 하지 않겠소? 교원의 기본이 뭡네까. 학업에 대한 흥취를 잃어 가는 학생이 있다면 그걸 곁에서 도와주는 거란 말입네다. 성적이 우수한 학생이야 일없지만 기렇지 못한 학생들을 지도키 위해 집으로 모이라 한 겁네다."

첫 학기가 지날 즈음이었다. 그동안 너무 과로한 탓인지 림 씨는 하루가 다르게 몸에서 이상 증세를 느꼈다. 수업 중에 식은땀을 흘리는가 하면, 현기증에 앞이 캄캄할 때도 있었다. 급기야 정신을 잃은 건 겨울 방학을 10여 일 앞둔 어느 날이었다.

"혈압만 유지가 됐더라도 인차 버텨보려 했는데 그게 잘 되지 않았소. 또 부모님의 강권이 보통 심했어야 말이죠. 길쎄 아버지는 이번 기회에 은행으로 자리를 옮기라며 입사 서류까지 들고 오셨지 않았겠습네까."

물론 림 씨는 거듭되는 아버지의 성화에도 한쪽 귀로 듣고 한쪽 귀로 흘려버렸다. 남들보다 잔병치레를 좀 많이 한다고 해서 자신이 원했던 길까지 포기하고 싶진 않았다.

병가 중에도 림 씨는 학교에 나가 방과 후 학생들을 지도했다. 학교에서조차도 달갑지 않게 여기는 학생들이 대분이었다.

"한 학급을 6년간 책임져야 하는 반 주임 사업은 매우 복잡하고 간고한 사업이란 말이죠. 학생들 단추가 떨어지면 단추를 달아 주고, 낯이 어지러운 학생을 보면 세수시켜 주고, 저학년의 경우 바지에 똥을 싸면 그걸 말끔히 닦아 주는……."

하지만 스무 살 처녀의 몸으로 그 같은 일을 척척 해낸다는 건 말처럼 쉬운 게 아니었다. 젖먹이 똥과 1학년 학생이 싼 똥은 엄연히 달랐던 것이다. 처음 그 똥을 손으로 만졌을 때 림 씨 자신도 얼마나 당혹스러웠던가. 역한 냄새 때문에 코를 틀어쥔 적도 있었다.

병가 두 달째였다. 해란이 소식을 전해 들은 림 씨는 하늘이 무너져 내리는 줄 알았다.

"해란이는 가정사가 매우 복잡한 아이였꼬마. 학생의 어머니가 불법 입경한 탈북자 가족이었단 말임다."

"그런 학생들이 많았습니까?"

"많은 건 아니지만 위험을 달고 살아야 했습네. 부부로 살고 있지만 기실은 중국 국적을 취득한 경우가 몇 안 됐단 말임다."

해란이 어머니가 중국 공안에 붙들려 갔다는 소식을 접한 림 씨는 학생의 집부터 방문했다. 림 씨는 더 큰 충격에 휩싸이고 말았다.

"갈수록 태산이라고 길쎄, 해란이와 엄마만 제외하고 가족 모두가 앞을 못 보는 맹인이 아니겠습네까? 그분들이 우는 걸 보면서 가슴이 찢어지는 줄 알았습네. 볼 것 다 보고 사는 사람들이 흘리는 눈물도 아픈데 그분들의 눈물은 더 아프더란 말입네. 기래 가족들한테 양해를 구한 뒤 해란이를 우리 집으로 데려왔지 뭡네까."

엄마를 잃은 충격에 해란이도 그만 놀란 걸까. 잠자리에 든 해란이가 바지를 적셨을 때만 해도 림 씨는 대수롭지 않게 여겼다. 누구라도 심한 충격을 받으면 나타날 수 있는 일인데다 해란이의 나이 겨우 일곱 살이었던 것이다. 그러나 똑 같은 증상이 일주일을 넘어설 때는 생각이 달라졌다.

서둘러 병원을 찾은 림 씨는 야뇨증을 앓은 지가 꽤 된 것 같다는 의사의 말에 웃음밖에 나오지 않았다.

"무식하면 공부를 더 해 보겠는데, 이놈의 무지는 가슴부터 치더란 말입네다. 나이를 떠나 여자한테 속옷 적시는 일이 얼마나 부끄럽고 수치스러운 일입네까. 내 그걸 지켜보고도 일주일이나 방치를 했으니……. 의사 선생 볼 낯이 없어 주억거리기만 했지 뭡네까."

진료를 마친 림 씨는 한약방에 들러 약부터 지었다. 생각보다 약값이 만만치 않았다. 한 달 월급120위안을 다 털어 넣었는데도 20위안이 모자랐다.

"부모님한테 손을 내밀었더니 두 분의 표정이 영……. 우리 집에 환자가 나 말고도 한 명이 더 생겼지 뭡네까. 기렇지만 교원 사업이라는 거이 되로 받으면 말로 주는 게 응당 도리가 아니겠소? 뉘기라도 드팀없는 신념을 가졌을 때라야 더 큰 지도를 그려 나갈 수 있단 말입네다."

그나저나, 이쯤에서 한풀 꺾일 줄 알았던 림 씨의 목소리는 시간이 흐를수록 더 팽팽해졌다. 드팀없는 신념에 책임감이 더해지자 빈틈을 찾아볼 수 없었다. 마치 교직에 사활을 건 사람처럼 보였다.

한 사발의
물을 주려면

사범 대학 시절 림 씨가 관심 있게 지켜본 사람은 화라경 이었다. 중국 강소성 출신의 화라경은 독학으로 고등학교와 대학교 과정의 수학을 모두 마친 뒤, 대학 강단에 섰을 만큼 중국 수학계에서 보기 드문 입지전적인 인물로 통했다. 특히 그는 답을 구하기에 앞서 사유를 강조한 매우 인상 깊은 수학자였다.

바로 그의 이름을 딴 '화라경 올림픽 수학 경연 대회'가 며칠 앞으로 다가오자 림 씨는 마음이 더욱 바빠졌다.

"첫째는 교원 사업에 뛰어든 지 세 해 만에 첫 대회를 나가게 됐다는 것이고, 둘째는 전교생을 대상으로 대회 준비를 하다 보니 신경 쓸 일이 제법 많아졌다는 겁네다. 한 학생에게 한 사발의 물을 주려면 미리 한 통의 물을 준비해 두는 게 교원의 기본 자세이잖습네까."

먼저 림 씨는 대회에 참가할 학생들을 불러 모은 뒤 서로의 관계부터 점검했다. 이는 사범 대학에서 함수를 통해 배운 것으로, 1 대 1의 경쟁은 아름다울 수 있어도 일직선을 향해 치닫는 경쟁은 바람직한 수학이 될 수 없었다.

"도형을 예로 들자면 이렇습네다. 정삼각형이 산 을 닮았다면 정사각형은 한전 과 수전 을, 타원형은 하늘의 해와 달을 닮았단 말입네다. 기렇지만 이 세 개가 서로 조화를 이뤄냈을 때라야 더욱 풍성한 결실을 맛볼 수 있지 않겠습네까. 다시 말하면 이것은 수학에서도 얼마든지 멋진 화합의 답을 구할 수 있다는 이치와 같습네다."

첫술에 배부를 수야 없겠지만 그렇다고 실망할 성적도 아니었다. 조선족 인구가 2만에 불과한 현 학교에서 1등과 2등을 차지했다면 대단히 높은 성과였다. '화라경 올림픽 수학 경연 대회'는 말 그대로 전국에서 수재들이 모이는 대회였던 것이다.

대회를 마치고 결혼 준비를 할 때였다. 해란이를 지켜보는 림 씨의 마음도 가볍지는 않았다.

"한날 해란이가 근심어린 표정으로 이리 묻지 않겠소. '선생님 시집가면 자신은 어데로 가야 하느냐고. 듣고 보니 인차 난처하긴 했었꼬마. 남자로 태어나 장가를 간다면 해란이를 딸처럼 데리고 살 수도 있겠지만 시집살이는 이모저모 걸리는 것들이 많잖습네까. 친정에서 딸과 시댁에서 며느리는 천양지차란 말입네다."

그래도 한시름 놓은 건 해란이의 미래였다. 해란이가 대학을 졸업할 때까지 학비를 우리가 책임지자는 남편의 말에 림 씨는 콧날이 시큰했다.

"시댁 쪽 반응도 궁금하군요. 이제 며느리가 되었잖습니까."

"어려운 인민을 위하는 길인데 반대야 하겠습네까. 그리고 중국은 남녀가 혼인을 하면 주도권은 당사자의 몫이란 말임다."

정작 마음이 급해진 건 학교였다. 림 씨가 근무하는 소학교도 한국 바람의 여진이 갈수록 증폭되었다.

"반 주임을 맡은 뒤 처음으로 무단결석자가 생겼으니 근심이 클 수밖에요. 그런데다 미령이는 부모님이 각자 딴살림 차린 걸 알고는 본인도 세 살 많은 남학생과 가출을 해 버렸지 뭡네까."

미령이의 소식을 접한 림 씨는 서둘러 도문행 버스에 올랐다. 청소년 가출은 시간을 끌수록 절망으로 치닫기 마련이었다.

"한국은 어떤지 잘 모르겠으나, 중국은 학교와 공안국 간에 연계가 잘 되어 있는 편입네다. 미령이도 그래서 쉽게 찾을 수 있었고요."

하지만 림 씨는 미령이의 얼굴을 보는 순간 가슴이 철렁 내려앉았다.

학생을 지도하고 있는 림명자 선생님

열세 살, 누군가를 이성적으로 사랑하기에는 아직 어렸던 것이다. 안도현
으로 돌아온 림 씨는 미령이를 데리고 산부인과부터 찾았다. 담임의 손으
로 어루만져 줄 곳이 있는가 하면 그렇지 못한 곳도 있었다.

　"구공년 후반까지는 진짜 힘들었꼬마. 그동안 잘 지켜 온 조선족
학교의 교육 방향이 천 년 성벽 무너지듯 와르르 무너져 내렸지 뭡네까.
심지어 어떤 학생은 유희청 에 정신이 팔린 나머지 친구의 얼굴을 불
로 지지는 일까지 발생했단 말임다."

너무 갑작스런 변화는 그렇듯 성난 해일을 보는 것처럼 모든 게 위태로워 보였다. 림 씨는 그럴수록 더욱 견고한 자세를 취했다. 싸워서 물리쳐야 할 적이라면 추호도 물러서고 싶지 않았다.

"교원이라면 적어도 학교를 떠나는 그날까지 학생들의 미래에 자신의 에너지를 몽땅 바쳐야지 않겠소. 교원이 받들어야 할 진정한 인민은 바로 학생들이란 말이오. 그리고 무엇보다 교원은 절대 장사꾼의 뒤를 따라가선 안 되오."

세상에, 이런 바보 같은 교원이 또 있단 말인가! 너무 견고하게 굳어 버린 콘크리트 벽을 맨손으로 만지는 것 같아 온몸에 오싹 한기가 돌았다.

인민을 먼저
생각하는 교사

전문혁 교원과 저녁을 먹는 자리였다. 선약이 있다며 함께하지 못한 림명자 선생의 이야기가 다시 나왔다.

"교직 30년 차인 교원이 집 한 칸 마련 못 했다면 믿으시겠습니까?"

"그게 사실입니까?"

"학부모와 교원, 학생들이 모인 자리에서 공개 수업을 하던 날이었죠. 한 달 일찍 조산한 림 선생의 딸이 병원에서 사경을 헤맨다는 소식을 알려 주었는데도 글쎄, 흔들림 없이 수업을 마치는 걸 보면서 참 독하다는 생각이 들지 뭐요. 어디 그뿐이겠습니까. 교직에 첫발을 들인 순간부터

'예의를 존중하자'라는 문구가 선명한 벽화. 한복 입은 모습이 인상적이다.

지금까지 자신이 받는 월급의 3분지 2를 학생들에게 내놓고 있으니 무슨 말을 더할 수 있겠습니까. 교육에 대한 확고한 신념을 갖지 않고는 흉내조차 낼 수 없는 일이란 말이죠."

바로 그 때문이었을까? 이야기 중에 그토록 인민을 강조한 것도! 근래에 보기 드문 교사라는 생각이 들었던 것이다.

"림 선생은 무엇보다도 학생들이 대오에서 이탈하는 걸 못 견뎌 했습니다. 한 학생에게 근심거리가 생기면 자신도 잠을 잘 수가 없다면서."

전 씨의 이야기는 계속되었다. 이번에는 학원 이야기였다.

"뉴스에서 보니까 한국은 평일에도 학원을 다니던데, 중국은 엄격히 차단되어 있습니다. 공산당 정부에서 직접 금지령을 내린 겁니다. 물론 학생들이 학원을 갈 수 있는 날도 있습니다. 그렇지만 림명자 선생 반은 토요일과 일요일에도 꿈쩍하지 않습니다."

"그건 왜죠?"

"우선 림 선생은 학원을 학교를 망가뜨리는 독초로 보고 있습니다. 감수성이 예민한 학생들의 가슴은 내버려 둔 채 머리만 잔뜩 키운다는 것이죠. 학교 공개 수업 때 이런 말을 하더군요. '기본 과목에서 예체능까지 못 갖춘 과목이 없는데도 왜서 그걸 학교의 교원들이 직접 해결을 못하느냐고. 교원들의 잘못과 나태를 지적한 겁니다. 그런데 참 신기한 것이, 림 선생의 언행이 한 번도 말잔치로 끝나지 않았다는 겁니다. 단 한 명도 학원을 다니지 않는 반에서 해마다 으뜸의 성적을 내버리니 동료 교사들마저 하늘만 쳐다볼 수밖에요. 악기면 악기, 노래면 노래, 춤이면 춤, 학생들을 위하는 것이면 뭐든지 다 배우는 분이 바로 림 선생이란 말이죠."

잠깐의 부연은 이래서 꼭 필요한 것인지도 몰랐다. 조금 전에 만났던 한 교원의 이야기를, 그가 없는 자리에서 다른 교원을 통해 들으니 머리에 더 쏙쏙 들어왔다.

식당에서 나왔을 때 날이 벌써 어두워진데다, 연길로 돌아갈 막차마저 끊긴 뒤였다. 밤길을 혼자 보낼 수 없다는 전문혁 교원과 함께 택시를 대절해 연길로 향할 때였다. 순간 문득 떠오른 단어는 '인민'이었다. 한국에서는 참 무서운 두 글자가 오늘은 왠지 따뜻하게 느껴졌다. 헤어질 때 누군가 이렇게 말했던 것이다.

"자신은 교원 사업을 꿈꿀 때부터 꼭 인민을 위한 교사가 되고 싶었노라"고.

화룡시 팔가자진 중남 소학교 | 김영순, 현경숙

내과 교원

아이를 학교에 보내는 것이 아니라 탁아소처럼 아예 맡겨 놓았습니다.

그리고서도 무슨 일이 생기면 큰소리부터 치고요.

어쩌다 조선족 사회가 이 지경이 됐는지 그걸 잘 모르겠습니다.

대과 교원

연길 시가지를 막 벗어났을 때였다. 팔가자[八家子]행 버스 안에서 진기한 일이 벌어졌다. 조선족 할머니는 중국말을 모르고, 한족 안내양은 조선말을 모르는데도 두 사람의 대화는 계속되었다. 먼저 한족 안내양이 조선족 할머니의 말에 중국어로 응수를 하자, 이에 팔순의 할머니도 알아들었다는 듯이 그 다음 단계로 넘어갔다. 연변 지역에서만 볼 수 있는 재미난 풍경이 아닐 수 없다. 터미널에서 표를 예매할 때도 굳이 용정을 룽징으로, 도문을 투먼으로 발음하지 않아도 한족 여직원이 표를 주었던 것이다.

내줄 수 있는 것도
내줄 수 없는 것

중남 소학교를 가려면 팔가자 입구에서 내려 콩콩차[콩콩거리며 달린다고 해서 붙여진 전동 삼륜차]로 한 번 더 갈아타야 했다. 시원하게 뚫린 2차선 가로수 길을 오류 분 달렸을까. 인구 2만[조선족 2000명]의 읍내를 지나자 마을 입구에 2층 건물이 모습을 드러냈다.

팔가자 읍내가 한눈에 내려다보이는 중남 소학교는 영락없는 시골 학교였다. 교사 귀퉁이에 똬리를 튼 재래식 화장실은 보는 이로 하여금 정겨움을 더하게 했다.

김영순 씨는 교직 25년차로, 지난해 여름 중남 소학교로 부임하게 된 그 배경이 좀 독특해 보였다.

"사실은 곧 떠나야 합니다. 2014년 8월부터 2015년 7월까지, 중남 소학교를 도우라는 교육국의 지시로 파견된 한해살이 교원이란 말입니다."

"아직도 그런 제도가 남아 있는 모양이죠? 문화 혁명 때 생겨난 제도가 아닙니까."

"맞습니다. 우수 교원일수록 교육국의 지시를 잘 따라야 합니다. 도시와 농촌 간의 수평적 교육을 위해서도 반드시 지켜야 할 원칙 중 하나기이도 하고요."

"학생 수는 얼마나 됩니까?"

"한족 학생과 조선족 학생을 포함해 모두 20명입니다. 그중 조선족 학생은 8명이고요. 안타까운 점은 학년에 공백이 생겼다는 겁니다. 한족 학생은 1학년부터 6학년까지 고루 있는 반면 조선족 학생은 2학년 반이 아예 없단 말이죠."

여기에 대해서는 5학년 담임인 현경숙 교원이 보다 상세히 들려주었다.

팔가자에서만 30년을 살았다는 현경숙 교원은 그동안의 변화 과정을 훤히 꿰고 있었다.

단 한 명의 학생을 지도하고 있는 현경숙 선생님

"팔가자진 의 조선족 인구 감소는 중국의 개혁·개방 980년대 후반~1990년 대 초 을 그 출발점으로 보시면 됩니다. 러시아를 오가는 보따리 장사가 먼저 불을 붙였으니까요. 그러다가 몇 년 뒤 한국 바람이 된통 불면서 240명이었던 학생 수가 20명으로 준 겁니다."

잠깐 계산을 해 보니 20년 사이에 벌어진 일이었다. 한 해 평균 20여 명의 학생이 학교를 떠난 것이다.

"선생님 반은 몇 명이나 됩니까?"

"김철준이라는, 단독 학생입니다. 아버지는 막일을 하고 어머니는 눈이 잘 보이지 않는. 철준이 아버지가 한국에 나가자 해도 어머니가 눈을 못

화룡시 팔가자진 중남 소학교 전경

보니 사정이 더욱 딱할 수밖에요."

"학교도 학생들도 모두 걱정이군요."

"그래도 우리 학교는 교장 선생님이 조선족 출신이어서 얼마나 든든한지 모릅니다. 그 학교의 영도가 어느 쪽 신분이냐에 따라 학교의 존망이 걸려 있단 말입니다."

7년 전만 하더라도 팔가자에 조선족 소학교와 한족 소학교가 따로따로 있었다. 조선족 학교의 입장이 난처해진 건 학부형들이 한국을 다녀오고부터였다. 자녀의 더 나은 교육을 위해 대도시로 이주하자, 두 학교의 통폐합을 놓고 적잖은 신경전이 벌어졌다. 공립 유치원의 경우 한족 교장이 이미 자리를 꿰차고 들어선 것이다.

"교장 선생님이 아니었다면 중남 소학교도 그때 벌써 한족 손에 넘어갔을 겁니다. 조선족들이 대도시로 떠나갈 때 한족들은 자기 자리를 굳건히 지키고 있었으니 무슨 수로 당해 내겠습니까. 마치 각오를 다지듯 교장 선생님이 이 말씀을 하시더군요. 10 대 1의 싸움을 하더라도 절대 먼저 물러나서는 안 된다고. 한 아이를 잘 길러 내면 열 아이의 몫을 충분히 해내는 게 조선족 아이들의 특징이라면서 말이죠. 그런데다 당시 중남 소학교 교원들의 투지가 여간 대단한 게 아니었습니다. 비록 학생 수는 한족한테 밀려도 조선족 교원 전체가 똘똘 뭉쳐 있었단 말입니다."

교장을 선두로 조선족 교원들이 지켜 내려 한 건 비단 학교만은 아니었다. 한족 학교와 통폐합하는 과정에서 합반 문제가 거론되자 박철준 교장은 단호한 어조로 반대 입장을 밝혔다. 그건 있을 수도 없는 일이거니와 있어서도 안 될 일이었다.

"한국 바람이 유행처럼 불면서 팔가자에도 조선말을 배우려는 한족들이 생겨났었죠. 일찍부터 조선말을 배우게 해 중국에 진출한 한국 기업에 취업을 시키려는 계산이었죠. 하지만 거기에도 조건이 뒤따랐습니다. 한족 학생을 조선족 반으로 들이는 건 일없지만, 반대로 조선족 학생이 한족 반으로 전반하는 건 절대 승낙해 주지 않았습니다. 왜 그런 줄 아십니까?"

"민족 교육 때문에 그러신 겁니까?"

"학생 수만 놓고 보면 12 대 8로 4명이 적은 게 사실이지만, 그보다 먼저 중남 소학교는 조선어를 중심에 둔 민족 교육의 터전이었단 말이죠. 그리고 이 점은 조선족 학생이 한 명만 남아 있어도 반드시 지켜질 줄 압니다. 학교를 합병할 때 교장 선생님이 시 정부로부터 이미 확답을 받아 낸 사항이니까요."

꼬리빵즈, 산동빵즈

현경숙 교원의 말대로 5학년 1반은 학생이 한 명뿐이었다. 수업하는 모습을 잠깐 지켜본 뒤, 김영순 교원과 이야기를 다시 이어 갔다. 김 씨는 오래전 자신이 다녔던 소학교도 지금의 중남 소학교처럼 조선족 학생과 한족 학생이 같은 건물에서 수업을 받았다며 그때의 시절로 돌아갔다.

"합신촌도 팔가자처럼 한족한테 밀리는 추세이긴 했습니다. 한족 반이 조선족 반보다 더 많았으니까요. 한마을에 살아서 크게 싸운 적은 없지만 가끔씩 서로 놀려 대긴 했습니다. 꼬리빵즈[조선족을 낮춰 부르는 호칭으로 고려인이라는 의미를 담고 있다]네 산동빵즈[산동 지역에서 이주한 한족들을 일컬어 부르는 낮춤말]네 하면서 말이죠. 같은 마을에 살았어도 언어가 다르고 음식이 다르고, 입고 다니는 옷마저 달랐으니 친해질 구석이 어디 있겠습니까. 검은 솜옷에 검은 신발, 백의민족인 우리와는 거리가 멀었죠."

"합신 소학교에 입학한 게 몇 년도였습니까?"

"1977년쯤 됐을 겁니다. 400호를 약간 웃도는 합신촌은 주민들 대부분이 농사를 짓거나 집체에서 꾸린 녹장[사슴 농장] 일을 했는데, 그중 아버지가 좀 높아 보이긴 했습니다. 주민들이 아버지를 김 선생이라고 부를 때도 좋았고, 마을에 어려운 일이 생겼을 때 그걸 앞장서서 해결하는 걸 보면 산처럼 듬직하지 않겠습니까. 교원 사업이 영 참신해 보이더란 말입니다."

하지만 김 씨는 소학교를 졸업할 무렵 승자와 패자의 세계가 참으로 냉혹하다는 사실을 깨달았다. 같은 해 졸업한 26명 중에서 중학교에 진학한 학생은 모두 6명. 나머지 친구들은 서둘러 고향을 뜨거나 재수의 일환으로 6학년을 한 번 더 다녀야 했다.

화룡시 제3 중학교에 입학한 김 씨에게 겨울은 무척 힘든 계절이었다. 남들보다 몸이 허약한 탓도 있지만, 겨울철만 되면 왕복 20리 통학 길이 더욱 멀게 느껴졌다. 영하 20도의 눈보라를 헤쳐 학교로 향할 때면 곧 쓰러질 것 같았다.

"그때는 정말 졸업을 못 하는 줄 알았습니다. 피뜩하면 넘어지고 앓아눕고, 나이 열다섯에 만사가 싫더란 말입니다."

어머니의 권유로 휴학계를 제출하자 반 친구들이 문병을 오곤 했다. 자연 손이 바빠지는 건 어머니였다. 아무리 바쁜 농번기라도 김 씨의 어머니는 찰떡, 초 두부, 옥수수만두, 전병, 볶음채 등 도시에서 맛볼 수 없는 음식을 한 상 가득 차려 주었다.

"더욱 재미난 건 조선족 친구와 한족 친구들과의 만남이었습니다. 서로 말도 잘 통하지 않으면서 떠들고 웃고, 다들 신이 나 있지 뭡니까. 그중 한 친구는 한어를 꼭 배워 가겠다며 한족 친구의 뒤를 졸졸 따라다니기까지 했고요."

"학교에서 중국어를 배우지 않았습니까?"

"배우긴 했지만 생각만큼 재미난 공부는 아니었습니다. 교원들도 크게 나무라지 않아 대충대충 하는 분위기였고요."

그러나 한족의 진가는 음력 설에 두드러졌다. 이른바 춘절(春節) 때면 합신촌은 그들의 독무대나 다름없었다. 특히 양걸춤(秧歌舞, 중국 북방 지역에서 유행한 춤으로 음력 설과 정월 대보름에 징, 북, 나팔 등 각종 기예와 어우러져 다양한 색채를 띠고 있다)은 조선족 모두에게 부러움의 대상이었다.

"학교만 다닌달 뿐 우리 민족의 역사와 문화에 대해 아는 게 있어야 말이죠. 한족들이 떵떵 신명나는 춤에 폭죽까지 터뜨려 가며 놀 때 조선족은 조용히 지켜만 봐야 했단 말임다. 아실지 모르겠지만 한족들은 설 전부터 음식을 장만해 정월 대보름까지 먹어 대는데, 아무튼 춘절이 좀 우울하긴 했습니다."

사는 일이 늘 그랬다. 중국 본토 출신과 이민자의 삶은 한 치 앞을 내다볼 수 없었다. 엎치락뒤치락하는 가운데 종국에 가서 보면 꼬리빵즈가 산동빵즈를 당해낼 수 없었다. 물론 김 씨도 그 점을 전혀 모르진 않았다. '빵즈'라는 비속어가 일제 강점기에 생겨났다는 것쯤은. 만주 땅에 거주하는 조선인과 중국인을 이간시켜, 둘 사이가 벌어질수록 이득을 보는 건 바로 일본이었던 것이다. 설령 그렇더라도 서러운 것만은 어쩔 수 없었다. 공부를 제아무리 잘 하고 명석한 두뇌를 가졌을지라도 꼬리빵즈가 산동빵즈를 이긴다는 건 잠시 잠깐일 뿐이었다. 조선족은 단거리 레이스에 강하고, 만만디라 불리는 한족은 장거리 레이스에 강했다.

뇌봉
따라 배우기

한족 문화를 부럽게 여겨 온 김 씨가 우리 역사와 민족 문화에 눈을 뜬 건 고등학교 2학년 무렵이었다. 합신촌에 첫 등장한 북한산 텔레비전은 가히 폭발적이었다. 지식의 보물 창고로 불리는 텔레비전 때문에 보는 눈이 달라지고 아는 것도 많아졌다.

"그때까지 1980년대 말만 해도 화룡시 일대에 북조선을 제집처럼 드나드는 장사치들이 꽤 많았어요. 남평 과 숭선 세관에서 증명서 한 장만 떼면 누구라도 북조선을 손쉽게 오갈 수 있었으니까요. 주로 곡물과 의복을 가지고 들어가 해산물과 인삼으로 바꾼 다음 되파는 식이었는데, 그때 한 장사치가 북조선에서 생산한 테레비를 사 왔던 겁니다."

"북한산 해산물 중에 명태가 그렇게 잘 팔렸다면서요?"

"보시다시피 동북달림, 묘녕, 흑룡강성이 진탕 들판뿐이잖습니까. 그러니 바다에서 나는 해산물이 좀 귀했겠습니까. 우리 집만 보더라도 명절 때면 비싼 조기 대신 명태를 구하느라 인차 바빴단 말이죠. 제사상에 비린 것 하나는 꼭 올라가야 한다면서."

학교 생활은 하루가 다르게 건조함을 풍겼다. 같은 학교 친구라도 그 느낌은 전혀 달랐다. 뿌리처럼 느껴지는 친구가 있는가 하면 꽃대만 무성한 친구도 있었다.

"고향 친구 중에 고중을 연길과 도문으로 간 친구가 있었어요. 세 명 모두 거리가 있다 보니 한 달에 편지만 20통 이상 썼지 뭐예요. 거리상 두 친구와 연계할 방법이 편지밖에 없으니 어찌하겠습니까. 담임도 영 마음에 들지 않고요."

입학한 지 겨우 두 달이 지났을 뿐인데도 김 씨는 벌써부터 숨이 막혔다.

"고중 반 주임은 첫 인상부터 싫었습니다. 중국 공산당에 대한 신념도가 어찌나 강한지 학생들 교학을 하부쯤으로 여기지 않겠습니까. 나 역시도 교원질을 하고 있지만 그런 반 주임 만나면 정말 힘듭니다. 3년이 지옥처럼 느껴진단 말임다. 그중에서도 '뇌봉 따라 배우기向雷峰学习'는 진짜 죽을 맛이었고요."

집체가 개체로 바뀐 지도 두 해가 다 지났건만 담임의 뇌봉1940년~1962년 사랑은 병적이었다. 물론 학교 교육에서 뇌봉은 실로 엄청난 존재였다. 루쉰 소설에 등장하는 '아Q'가 지난 시절의 표상이었다면, '뇌봉'은 새로운 사회의 전형적인 인물이었다. 어려서 가족을 모두 잃고 고아로 자란 뇌봉의 전기를 책과 노래로 만들어 교육시킬 정도로 중국 사회주의 건설에서 뇌봉은 결코 빼놓을 수 없는 신화적인 청년이었다. 그것도 스물두 살에 불의의 사고로 목숨을 잃은 드라마틱한 사연까지…….

"제아무리 맛있는 음식이라도 두세 번 먹고 나면 슬슬 질린단 말이죠. 감동도 그만큼 떨어질 수밖에 없고요. 그런데다 고중은 학업이 한창 바쁠 때잖습니까. 그걸 모를 리 없는 반 주임이 주야 장창 뇌봉 타령만 해 대니 나부터라도 싫지 뭡니까."

이과를 가야 하나, 문과를 가야 하나? 마음은 문과를 원하건만 선뜻 내키지 않았다. 그쪽으로 벌써 쏠림 현상이 나타나고 있었다. 말 그대로 대학 입시는 지망에서부터 피를 말리는 또 다른 전쟁이었다.

"시험 결과가 궁금하군요."

"학업에 충실치 못했으니 결과 또한 좋을 순 없었겠죠? 하필 고중 때 한국 노래가 들어와 세게 불러 댔지 뭡니까. 한국 노래는 가사가 영 다정하더란 말입니다. 마치 지금의 내 심정을 다 알고 있는 것처럼……."

숱한 편지에 한국 노래까지, 김 씨는 이런 일련의 상황들을 자책하는 심정으로 받아들였다.

대과 교원

대평 소학교에서 대과 교원을 모집한다는 소리에 김 씨는 한걸음에 달려갔다. 재수의 일환으로 고등학교를 1년 더 다니는 일만은 무슨 수를 써서라도 피하고 싶었다.

"하나를 얻으면 다른 하나를 내놓아야 하는 게 자연의 순리인 것처럼 대과 교원질이 영 불안하긴 했습니다. 특출한 장기^{에게는}라도 지녔다면 또 모를까, 학교의 영도^{교장}가 그만두라면 언제든 그 자리를 내놓아야 한단 말입니다."

전교생이 100여 명에 불과한 대평 소학교는 남자 교원을 찾아볼 수 없었다. 남은 세 명의 교원마저 한국으로 곧 떠날 거라고 했다. 대평 소학교는 그처럼 학교를 그만두는 교원은 많아도 김 씨처럼 제 발로 찾아온 경우는 극히 드물었다.

숨을 죽인 채 거기까지 지켜본 김 씨는 공부를 더 하기로 마음을 정했다. 하루속히 대과 교원에서 벗어나야 보다 안정적인 직업을 가질 수 있었다.

"학생들이 많지 않아 크게 힘든 건 없더군요. 시골 아이들이라 말도 잘 듣고요. 더욱 좋았던 것은 부모님한테 손을 벌리지 않고도 중전^{2년제 대학}을 무난히 마칠 수 있었다는 겁니다."

"대과 교원인데도 급여가 적은 편은 아니었던 모양이죠?"

"정식 교원과 큰 차이는 없었습니다. 그리고 돈이라는 게 그렇잖습니까. 쓰는 이에 따라 조금씩 다를 수도 있단 말이죠. 내 경우는 한 달 120위안으로 학비와 생활비 모두를 해결할 수 있었습니다."

그런데, 난감한 일이 하나 생겼다. 다름 아닌 '뇌봉 따라 배우기'였다. 그토록 넌덜머리를 쳤던 뇌봉 따라 배우기가 이토록 신선하게 느껴질 줄이야……. 산다는 건 참으로 알 수 없는 일이었다.

"활동 시간에 학생들과 공소사^{식품, 농기구, 전 등을 파는 종합 상점} 봉사도 하고, 마을마다 하나씩 있는 혁명 열사비 청소도 하고…… 밖으로 나갔더니 글쎄 뇌봉이 다시 보이지 않겠습니까?"

그때마다 김 씨는 고등학교 담임을 떠올렸다. 기회가 주어진다면 나중에 꼭 용서를 구하고 싶었다. 가르치는 입장에서 보면 뇌봉은 결코 빠뜨릴 수 없는 인물이었다.

반려자인 남편을 만난 곳도 대평 소학교였다. 여남은 교원 중 처녀 총각 교원이라고 해야 달랑 둘뿐이어서, 재고 말고 할 것도 없었다. 한 번의 감전이면 충분했다.

"나그네^{남편}한테 마음이 딱 갔던 것이, 한날 글쎄 내 심장이 인차 말을 해 대지 않겠습니까. 내 그때 결정을 해 버렸지 뭐예요. 어두운 방을 밝히자면 N극과 S극이 상호 감정을 가져야 평생을 같이할 수 있단 말임다."

N극과 S극. 참 오랜만에 들어보는 말이었다. 서로 반대편에 서 있는 것 같아도 둘은 마주하고 있으며, 때로 밀당에도 강하며, 한쪽 불이 꺼지면 자동으로 다른 한쪽도 꺼져버리는, 하지만 언제고 스파크를 일으킬 만반의 준비가 돼 있는 N극과 S극.

바로 그 S극이 따로 고백할 게 있다고 했다.

"대과 교원을 지낼 때 일입니다. 그때는 학생들 과외가 무척 심했더랬습니다. 정식 교원보다 돈을 더 많이 벌었으니까요."

"교원들도 과외를 할 수 있었나보지요?"

"어째, 한국은 아니 됩니까? 여긴 일없습니다. 부모님들이 한국으로 나가면서 과외가 오히려 더 번창했으니까요. 제법 벌 때는 교원 신봉의 세 배까지 벌어 봤단 말임다."

"생활 때문에 그러신 겁니까?"

"막상 결혼을 하고 나니 사는 게 바쁘더란 말임다. 식구도 하나 더 늘어났고. 속담에 왜 그런 말도 있지 않습니까. 교원 똥은 개도 안 먹는다는. 그게 무슨 말이겠습니까. 그만큼 교원질해서 먹고사는 일이 힘들다는 뜻 아니겠습니까? 그때나 지금이나 교원들 처지가 영 곤란하단 말입니다."

"지금은 어떻습니까. 시진핑 정부가 들어선 뒤로 과외가 전면 금지됐다는 소리를 들어서요."

"수십 년 관례가 어디 하루아침에 없어지기야 하겠습니까. 대도시에서는 알음알음 여전히 인기가 높다고 들었습니다. 나는 7년 하다 그만두었는데, 학교를 옮기면서 힘에 부치지 뭡니까. 학급과 학급 간에 벌어지는 교원들의 경쟁도 무시할 수 없었고요. 교원도 자기 자리에서 한 번 밀리면 되찾기가 영 힘들단 말입니다."

뜻밖의 고백에 충격을 받긴 했지만 그렇다고 교원들 과외를 나무랄 수도 없었다. 초등학생 한 달 하숙비와 교원 25년차인 김 씨의 급여가 거기서 거기였던 것이다.

배꼽 인사,
히틀러 인사

남편은 진수 학교~~교원 연수원~~로, 자신은 신동 소학교로 자리를 옮긴 뒤였다. 김 씨는 신발 끈부터 바싹 조여 맸다. 농촌에서 도시로 학교를 옮겼더니 해야 할 일들이 산더미였다.

"첫 학기는 정말 숨 가쁘게 돌아쳤습니다. 교도 주임이 직접 교학 지도를 해 주고, 연길과 훈춘에서 열린 공개 교학도 참관하고, 소선대 ~~소년선봉대~~ 보도원이 일러 준 대로 학생들 관리하는 것도 다시 배우고…… 하나에서 열까지 농촌 학교와는 비교조차 안 되지 뭡니까."

1922년에 문을 연 신동 소학교의 지난 역사가 그만큼 깊은 탓도 있었다. 스스로 체계를 잡아 가는 일이 쉽지만은 않았다. 떠나온 학교에서 기성화를 신고 일했다면 신동 소학교는 수제화를 요구했다.

"그래 한날은 반 주임 제도를 좀 바꾸면 어떨까, 피뜩 그 생각이 들지 않겠습니까. 1학년에서 출발한 한 학급을 6년간 계속 맡자면 책임감에서 놓여나질 못한단 말입니다."

"선생님은 그럼 몇 년이 적당하다고 보십니까?"

"소학교의 경우 낮은 반~~1~3학년~~과 높은 반~~4~6학년~~으로 구분해 3년이면 적당할 듯싶네요. 아무래도 6년은 너무 길단 말입니다. 그리고 학창 시절, 내 자신이 직접 겪었던 것처럼 반 주임과 잘 맞지 않아 애를 먹는 학생들도 있을 거란 말이죠."

한·중 수교 이후 조선족 학생들의 변화도 놀라운 속도로 진화했다. 속

칭 아이티 Information Technology 시대는 교원들도 깜짝깜짝 놀랄 때가 한두 번
이 아니었다.

"학생들이 직접 교육국으로 전화를 걸어 반 주임을 고발하는 사태까지
발생했으니 무슨 홍취가 나겠습니까. 학교는 학교대로 학생들 성적 올리
고 석차 높이라며 경쟁 속도로 몰아쳐 대고, 믿었던 학생들마저 쭈뼛쭈뼛
모난 짓만 해 대고 있지 않습니까. 기실 먼저 손봐야 할 곳은 학생들과 장
기간 떨어져 지내는 부모들인데도 말이죠. 아이를 학교에 보내는 것이 아
니라 탁아소처럼 아예 맡겨 놓았습니다. 그러고서도 무슨 일이 생기면 큰
소리부터 치고요. 어쩌다 조선족 사회가 이 지경이 됐는지 그걸 잘 모르
겠습니다."

그렇다고 한국으로 나간 부모들이 본래의 자리로 돌아오는 건 더 어려
워 보였다. 한국에서 200만 원을 벌던 사람이 과연 중국에서 50만 원으
로 버틸 수 있을까? 이것 하나만 보더라도 가족이 함께 모여 산다는 건 애
당초 불가능한 일일지도 모른다. 물가마저 예전 같지 않아 50만 원 벌이
로는 최하층의 삶을 살아가야 하기 때문이다.

잠시 학교를 둘러볼 때였다. 교실 입구에 걸린 두 개의 액자에 눈이 먼
저 갔다. 한글로 꾸민 액자는 조선족 반, 한문으로 꾸민 액자는 한족 반으
로 누구라도 교실을 쉽게 찾을 수 있었다. 그런가 하면 중남 소학교는 학
생들의 인사하는 모습도 제각각이었다. 조선족 학생은 두 손을 복부에 공
손히 모은 뒤 배꼽 인사를 하는 반면 한족 학생은 한 손을 허공에 치켜든
채 히틀러 인사를 했다.

한글로 꾸민 조선족 액자와 한문으로 꾸민 한족 액자

　　서로 다른 액자와 서로 다른 인사법. 조금 전에 본 이 두 가지 모습을 김 씨에게 들려주자 바로 봤다며, 나지막한 목소리로 말을 이었다.

　　"솔직히 난 중남 소학교 학생들이 좋습니다. 학교 시설은 낙후해 보일 지 몰라도 학생들의 품성이 너무 곱단 말입니다. 교학 시간에 풍겨나는 정감도 얼마나 따뜻한데요."

　　"그러고 보니, 파견 근무 마치는 대로 중남 소학교에 그냥 눌러앉는 방 법도 있겠네요. 도시 학교에서 농촌 학교로 조동하는 건 어려운 일이 아니지 않습니까?"

　　"안 그래도 그럴 생각입니다. 중남 소학교의 가장 큰 특징이 주산인 데, 전통이 꽤 오래됐단 말입니다. 1982년 주 대회에서 1등을 차지했고,

1984년에는 18개국이 참가한 동아시아 속산대회에서 당당히 최고의 자리를 차지했지 뭡니까. 지금의 학교도 그때의 노고를 기리기 위해 성 정부에서 직접 지어 준 겁니다."

주산·속셈과 관련한 이야기는 박철준 교장과 커피를 마실 때 잠깐 들은 바 있었다. 이야기 도중에 박 교장이 아주 뼈 있는 말을 남겼다. 조선족 학생이 8명뿐인 중남 소학교가 통폐합 과정에서 살아남은 것도 동아시아 대회에서 거둔 성적이 있었기에 가능했다는……

김영순 교원에게 남북한 통일에 대해 물었을 때다. 이에 김 씨는 오늘날 북한이 대범하지 못해 기회를 놓쳤다며 끌끌 혀부터 찼다.

"먼저는 북조선이 우방 중국을 따라 하지 못한 게 잘못입니다. 중

학교 시설은 낙후해 보일지 모르지만 학생들의 표정에서 학교 분위기를 짐작할 수 있다.

국 공산당은 사회주의를 지켜 내면서도 북조선처럼 문을 닫아걸진 않았 단 말입니다. 한창 사이가 좋을 때 우리도 6・1절을 맞아 북조선 학 교와 교류를 세게 했었는데, 그때부터 서서히 조짐이 보이지 않겠습니까. 예술 조직은 북조선 학교가 조선족 학교보다 한 단계 높은 게 사실이지만 행동하는 건 영 아니더란 말입니다. 학생들 간에도 서로 접촉을 못 하도 록 조직원들이 직접 단속을 하는가 하면, 우리 쪽에서 북조선을 갔을 때 도 사적인 접촉은 절대 말라며 단단히 못을 치지 않겠습니까. 그래 결국 북조선이 오늘날 탈북자가 저렇게 많아진 겁니다."

주산을 배우고 있는 중남 소학교 학생들

오후 4시 40분. 숙소가 있는 연길로 돌아가려면 이제 자리에서 일어나
야 할 시간이었다. 무엇보다도 중남 소학교는 켜켜이 손때가 묻은 한 장
의 흑백 사진처럼 따뜻한 체온이 느껴졌다. 언제 한번 다시 와야 할 것처
럼……

훈춘시 제2 고중 | 박향숙

노랑 두북이라
불려나오

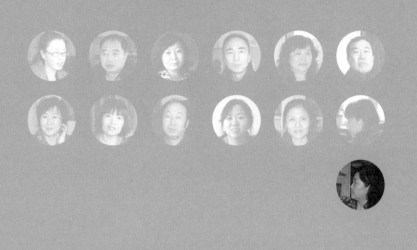

학교라는 곳이 성적만 만들어 내는 공장은 아니잖습니까.

활동 시간에 낭독과 낭송도 가르치고, 조선 춤과 조선 노래도 가르치고,

해야 할 일들이 얼마나 많은데요. 부모님 때문에 힘들어 하는 학생이

있으면 밖으로 데리고 나가 함께 술을 마신 적도 있습니다.

노땅 두목이라 불러다오

연변 지역에서 몰라보게 달라진 도시를 하나만 꼽으라면 훈춘^{琿春}이 아닐까 싶다. 훈춘을 처음 찾은 10년 전과 비교하면 도시 전체가 전혀 다른 얼굴을 하고 있었다. 인구도 25만에서 35만으로, 성장 속도가 과히 놀라웠다. 이 모든 게 중국 정부가 훈춘을 기점으로 한반도 동해^{21km}와 러시아 자루비노^{62km}를 잇는 물류의 요충지, 관광 특구 도시로 선정하면서 생겨난 변화이다.

그러나 한편으로 안타까운 마음도 들었다. 훈춘시 인구 중 40%를 차지하고 있는 조선족의 자취가 서녘을 보는 것 같아서다. 도심의 간판들이 그걸 눈으로 보여 주었다. 러시아어 간판들만 즐비할 뿐 한글 간판은 찾는 것조차 힘들었다.

2009년에 한용운을
처음 알았다

강풍을 동반한 훈춘은 간밤에 눈까지 내려 훨씬 더 추워 보였다. 거리에 인적마저 뜸했다.

20년 넘게 조선어문만 가르쳤다는 박향숙 교원. 그의 첫 인상은 활주로

훈춘시 제 2 고중 전경

를 보는 것 같았다. 말투가 그랬다. 막힘이 없었다. 그런 그에게 던진 첫 화두는 '민족'이었다.

"대단히 중요한 문제죠, 특히 조선족 사회에서는. 해서 나는 이렇게 말해 볼까 합니다. 만약 내 아들이 한족 여자와 결혼을 하겠다면 노 라고. 한족들 중에 조선족 학교로 오고 싶어 하는 교원이 더러 있는데, 그때도 나는 단호히 반대했습니다. 학교마저 그들 손에 내준다면 중국에 동화되는 건 시간 문제란 말이죠."

해야 할 말이 더 남은 걸까. 박 씨의 표정은 변함이 없었다.

"조선말을 할 줄 모르는 조선족이야말로 수치가 아닐까요? 한데 이걸 자랑으로 여기는 사람들이 있으니 속이 뒤집어질 수밖에요. 나는 기회나 엿보는 조선족 자치주보다 당당한 조선족을 더 원합니다. 조선족이 어때서요. 말 못 할 죄라도 졌나요. 조선족들이 조선족 자치주에 대해 자부심 좀 가졌으면 좋겠습니다. 민족 교육도 그렇습니다. 학교에서만 부르짖는다고 해서 과연 민족 교육이 될까요? 조선족 사회 전반에 제대로 된 '얼'이 있어야 학교도 교육도 동시에 살아난단 말이죠. 학교에서 조선어를 배운 뒤 집으로 돌아가 한어로 대화를 한다면 민족 교육이 무슨 소용 있겠습니까. 그거야 말로 중국어를 위한 들러리가 아닐까요? 제발, 조선족다운 주체 의식 좀 가졌으면 하는 바람입니다."

교원 26년차, 후회는 없다고 했다. 특히 박 씨는 졸업한 제자들이 밥을 먹자는 전화가 오면 소녀처럼 가슴이 뛴다고 했다.

"한국의 학생들은 어떤지 잘 모르겠지만, 조선족 학생들은 의지도 야물고 의리도 무척 강합니다. 그런 제자들한테서 연락이 오면 제일 먼저 부러워하는 사람이 제 남편이고요. 아무리 좋은 회사라도 퇴임을 하면 그걸로 끝이라나요. 형편없는 보수에도 바로 그런 말을 들을 때, 살아 있음을 느끼곤 합니다. 왕년에 내가 아니라 지금의 나인 겁니다."

2009년 겨울, 경기도 과천시 복지회 초청으로 한국을 다녀왔다는 박씨의 말에 꼭 물어보고 싶은 게 있었다. 한국의 국어 교과서였다.

"물론이죠. 서울에 도착해 맨 먼저 찾아간 곳이 교보문고였으니까요. 그런데 조선족 어문보다 어렵긴 하더군요. 우리도 한때 문법을 가르치다 그만둔 적이 있는데, 학생들도 힘들어 하거니와 문법까지 가르칠 만한 시절이 아니었단 말이죠. 중국의 문화 혁명이 얼마나 살벌했습니까. 조선족 사회에서 보면 크나큰 위기였었죠. 한족이 조선족을 집어삼키려 했으니까요. 이야기가 좀 엇나가긴 했지만, 한국 국어 교과서에서 우리가 배우고 취할 부분은 고어였던 것 같아요. 오래된 말에 얼이 스며 있고, 오래된 말일수록 깊은 정감이 묻어난다 할까요. 해서 나는 고어를 우리 언어의 보석이라 여기고 있습니다."

"교과서 외에 다른 책도 보셨나요?"

"훈춘으로 돌아올 때 몇 권 사 왔는데, 한용운 시인의 『님의 침묵』과 유안진의 『지란지교를 꿈꾸며』였습니다. 두 권 모두 가슴이 스르르 하더군요. 유안진의 시는 비슷한 시대를 산 여성으로 마치 내 이야기를 하는 것 같아 유대감을 느꼈고, 한용운 시집은 머리맡에 두고 읽었습니다. 수업 시간에 학생들한테 곶감 빼 먹듯 들려주기도 했고요."

"그럼 한용운 시인의 시를 그때 처음 접했던 겁니까?"

"그럴 수밖에요. 언제 한국 책을 접할 기회나 있었나요. 이마저도 조선 족 교과서에 한국 작품이 실리지 않았다면 영영 어려웠을 겁니다. 텔레비 전을 통해 한국을 조금 안다고 말할 뿐 나머지는 눈 뜬 봉사나 다름없단 말이죠. 특히 문학 작품은 가뭄에 콩 나듯 하고요."

"학생들에게 시를 읽어 주니 어떤 반응을 보이던가요?"

"한 학생이 그럴싸한 표현을 하더군요. 한용운 시인과 조선족의 정서가 잘 맞는 것 같다는. 반면에 나는 한용운의 「님의 침묵」을 으뜸으로 쳤는 데 학생들은 「복종」을 더 높이 평가하지 않겠습니까. 가만 생각해 보니 이해가 되는 부분도 없지 않아 있었습니다. 교원은 학생들에게 복종을 요 구하지만 반대로 학생들은 그걸 박차고 나가고 싶은 혈기가 남아 있었던 겁니다. 「복종」의 마지막 부분처럼 말이죠. 그러나 당신이 나더러 다른 사 람을 복종하라면, 그것만은 복종할 수가 없다며 격동의 자세를 취하지 않 습니까."

"복지회 초청으로 가셨다면 참관도 주어졌을 것 같은데……?"

"부끄러운 고백부터 할게요. 한국을 방문하기 전까지 항일 역사에 대해 문외한이었으니까요. 효창공원이었던가요? 그곳으로 안내해 준 대학생 을 통해 김구, 이봉창, 김좌진, 이동녕 등 조선의 항일사를 배우게 됐으니 얼마나 낯부끄러운 일입니까. 그것도 조선족 학생들에게 조선어문을 가 르친다는 교원이 말이죠. 그때 반성 많이 했습니다."

학교는 학생들의 것이
되어야 한다

2남 1녀 중 맏이로 태어난 박 씨는 아버지를 더 따랐다. 어머니한테서는 찬바람이, 아버지한테서는 다정다감함이 묻어났다.

"여자인 내가 보아도 어머니는 싹싹함이나 상냥함과는 거리가 멀었죠. 그에 반해 측량 기사였던 아버지는 큰소리 한 번 낸 적 없는 자상한 분이셨고요."

박 씨의 기억 속에 어머니는 항용 매를 들고 계셨다. 하지만 박 씨는 두 남동생이 자리를 피할 때도 벽처럼 버티고 서서 어머니의 매질을 죽은 듯이 받아들였다.

"일테면, 사춘기로 접어든 한 소녀의 반항이었던 셈이죠. 아버지는 왜 하필 여성미라곤 찾아볼 수 없는 그런 어머니를 만났을까 하는. 그리고 다른 하나는 시험 성적이 아니었나 싶습니다. 두 동생은 일찍부터 공부와 담을 쌓고 지냈지만 나는 좀 달랐단 말이죠. 자화자찬이 아니라 소학교에 입학해 고중을 필업 하고 있던 학업이나 시업을 마침 할 때까지 적어도 공부 못한다는 소리는 듣지 않았으니까요."

나쁘지 않은 성적으로 고등학교를 졸업할 때였다. 친구들과 어울려 지내던 동생이 그만 사고를 치고 말았다. 시기도 별로 좋지 않았다. 문화 혁명 때라서 손을 써 볼 기회조차 없었다. 설령 가해자가 미성년자일지라도 패싸움에서 벌어진 살인 사건을 피하기는 어려웠다.

"동생이 수감되면서 우리 집은 모든 걸 내려놓아야 했습니다. 피해자

가정에 바치는 돈만도 매달 60위안이나 됐으니까요."

"잠깐만요, 선생님! 60위안을 지급하는 이유는 뭐였죠?"

"중국 법 조항에 따른 겁니다. 재판 기간에는 가해자 쪽이 피해자 가정에 생활비를 지급해야 한다는."

박 씨의 남동생이 기결수로 확정된 건 그로부터 2년 뒤였다. 살인죄로 9년 형을 선고받은 동생이 수감되자 박 씨의 집은 한동안 침울함에서 벗어나지 못했다.

지독한 혹한의 겨울이 벌판 너머로 꼬리를 감추고 있었다. 남은 자식 중 하나라도 공부하는 모습을 보고 싶다는 아버지의 말에 박 씨는 울컥, 목젖이 뜨거웠다.

"가장 듣고 싶은 말이었음에도 너무 늦었다는 생각도 들더군요. 남동생의 재판을 지켜보느라 고중을 필업한 지 두 해가 훌쩍 지나 버렸지 뭡니까."

여자 나이 스물두 살. 대학을 가기에는 망설여지는 나이였다. 그러나 박 씨는 한번 도전해 보기로 했다. 고등학교 2학년 때부터 지켜본 조선어문 교원의 인상이 강하게 남아 있었다.

"여 선생한테 존경심을 품어 본 건 그때가 처음이자 마지막이었을 겁니다. 글도 잘 쓰고, 언변도 품위를 갖춰 강한 욕구가 생겨나지 않겠습니까. 나도 나중에 꼭 저와 같은 여성으로 성장하고 싶다는……."

2년 늦게 입학한 연변 대학 조문학과는 학업 분위기가 치열했다. 매 학기 2명의 학생에게 주어지는 장학금 때문이었다. 1986년 당시 장학금으로 주어지는 120위안이면 집에 손을 벌리지 않고도 한 학기를 거뜬히 지낼 수 있었다.

"그때 만약 교수님께 술이라도 한 병 사 들고 찾아갔다면 학교 뒷산에서 바보처럼 울진 않았을 겁니다. 초중 때부터 약점을 보인 역사 과목이 끝내 발목을 잡지 않겠습니까. 국제 공산주의 운동사를 마음껏 한번 써 보라는 교수님의 말에 두서없이 써냈더니 그만⋯⋯. 좋은 점수는커녕 역사 과목에서 낙제를 받았지 뭡니까."

한 과목 때문에 놓친 장학금. 중국의 역사는 그만큼 방대했다. 고대에서 근대에 이르기까지 '중화 대륙'이라는 말이 괜히 나온 게 아니었다. 한번 기차에 오르면 그 끝을 가늠조차 할 수 없었다. 문제는 13억 인구의 그 방대한 역사를 피해 갈 재간이 없다는 것이다. 조문학과 즉, 문과를 지망한 이상 중국 역사와 맞서 싸우는 방법밖에는 없었다.

교생 실습을 앞두고 박 씨는 신문사로 나갈 것인지, 아니면 학교로 나갈 것인지 마음의 결정을 내리지 못한 채였다. 신문사로 실습을 나갈 경우 훈춘으로 돌아가는 건 포기해야 했다.

"마음은 신문사를 간절히 원하는데 이것저것 걸리는 게 많더군요. 연길에서 지내자면 우선 방부터 구해야 하는데, 그때 우리 집 사정이 그럴 만한 형편이 못 되었단 말이죠."

교생 실습 첫날이었다. 연길시 제 2 고급 중학교 2학년 5반 담임은 학교에 소문이 쫙 퍼졌을 정도로 괴짜 중에 괴짜였다.

"교생을 냉대하는 것부터 학교 측과의 트러블까지, 심해 보이긴 했습니다. 그런데 막상 며칠 겪어 보니 꼭 그런 것만도 아니더라고요. 부정한 일에는 절대 타협하지 않는, 바로 그 점이 인상 깊었습니다. 교직이라도 왜 자신의 얼굴을 가린 채 구린내를 풍기는 교원들이 더러 있지 않습니까. 2학년 5반 반 주임은 그런 교원들이 싫었던 겁니다."

4주간의 교생 실습을 무사히 마친 박 씨가 감사의 표시로 와이셔츠를 선물할 때였다. 손을 내젓는 괴짜 담임의 행동에서 박 씨는 또 한 번 깊은 감명을 받았다.

"내가 본 그 분은 괴짜라기보다 학교에 꼭 필요한 진국이었습니다. 교생 실습을 마치는 날 학급장이 나에게 살짝 귀띔을 해 주지 않겠습니까. 교원절에도 일체 선물을 받지 않는 분이 바로 자신들의 반 주임이라고. 중국도 시진핑 정부가 들어서면서 교원절을 아예 없애 버렸는데, 그래서 더욱 교생 실습 때 만난 선생님이 그립기도 합니다. 그런 분들이 많을수록 학교는 맑아진단 말이죠."

"듣고 보니 선생님께서는 교원절을 영 불편해 하시는 것 같습니다."

"그렇게 들렸다면 애써 부정하진 않겠습니다. 고가의 자전거를 받았다는 둥, 금반지를 받았다는 둥, 돈 봉투를 받았다는 둥, 교원절 때면 교무실 분위기가 상당히 어지러웠으니까요. 그걸 마치 자랑하듯 늘어놓는 교원들의 모습도 썩 좋아 보이진 않았고요."

"선생님은 어떠셨습니까?"

"물론 저도 선물을 가져오는 학생과 학부형들이 많았습니다. 그렇지만 모두 돌려보냈습니다. 대신 학생들에게 이렇게 말했습니다. 정히 선물을 하고 싶거든 한 사람당 한 마리씩 종이학을 접어 달라고요. 아닌 말로, 해마다 교원절에 대한 개선책을 내놓는 이유가 무엇이었겠습니까. 그만큼 교원절이 탁류로 변했다는 것 아닐까요? 아쉽긴 하지만 난 시진핑 주석이 부정부패 척결 차원에서 교원절을 없앤 걸 참 잘했다고 생각합니다. 부패한 사슬은 과감하게, 제 살을 도려내는 심정으로 끊는 게 옳단 말입니다. 특히나 그 현장이 학생들을 가르치는 학교라면 두말할 나위 없고요."

맞는 말이었다. 다음 말도, 그 다음 말도. 학교 안에서 생기는 잡음과 학교 밖에서 발생하는 잡음은 그 성질이 분명 달랐던 것이다.

"간단히 말하면 이런 거죠. 성년들이 모여 일하는 시 정부와 미성년자들을 교육시키는 현장은 반드시 구분되어야 하는. 같은 죄라도 교육 현장에 종사하는 경우는 더욱 엄벌해야 마땅하다고요."

노땅 두목

삼가자 중학교와 합달문 중학교를 거쳐, 훈춘시 제6 중학교로 발령을 받은 박 씨는 한동안 관망의 자세를 취했다. 농촌 학교와 다르게 제6 중학교는 교원들의 교학 평가 경쟁이 마치 '욕망의 전차'를 보는 듯했다.

"같은 어문조 교원들을 한 달 남짓 지켜본 뒤 인간의 됨됨이와 교양에 웃점을 두었습니다. 교과서 중에 사상품성도 있긴 하지만 왠지 그것만으로는 부족해 보이더군요. 사상품성만을 강조하다 보면 되레 학생들이 경직된 자세를 취한다 할까요. 그런 반면에 조선어문은 고운 마음씨와 고운 말씨를 동시에 해결할 수 있는 이중의 효과를 갖추고 있었죠. 사람의 입에서 바른 자세가 취해지면 상대를 바라보는 눈도 달라질 수밖에 없고요. 또한 그것이 언어의 매력이자 힘이기도 하고요."

두 번째로 박 씨는 학생들과 친구처럼 지내기로 마음먹었다.

"핵가족 면에서 보면 조선족 사회가 한국 사회보다 그 비율이 더 높지 않을까요. 앞으로도 조선족 학생들은 부모님과 장시간 떨어져 지내야 하잖습니까. 그걸 잘 알면서도 전교 석차만 강조해 보십시오. 부모님이 언제 올지, 혹시라도 부모님이 이혼을 하는 건 아닌지, 극도의 불안감 속에서 살아가고 있잖습니까. 내가 맡은 교학은 성심껏 하되, 성적 타령이나 일삼는 교원들 대열에서 빠져나온 것도 실은 그 때문이었습니다."

"방향을 그렇게 설정하면 학교 측의 시선 또한 곱지만은 않았을 텐데요?"

"그 점에 대해서라면 당당하게 말할 수 있습니다. 학교라는 곳이 성적만 만들어 내는 공장은 아니잖습니까. 활동 시간에 낭독과 낭송도 가르치고, 조선 춤과 조선 노래도 가르치고, 해야 할 일들이 얼마나 많은데요. 부모님 때문에 힘들어 하는 학생이 있으면 밖으로 데리고 나가 함께 술을 마신 적도 있습니다. 심장이 끊어질 것처럼 아파 죽겠다는데, 아버지고 어머니고 도저히 용서할 수 없다고 하는데, 따분한 상담만 벌일 수야 없는 일 아닙니까. 내 바람은 결코 크지 않습니다. 나를 거쳐 간 학생들이 세상에 나가 따뜻한 가슴을 잃지 않고 살아가는 것, 소수 민족 사회에서 조선어문 교육은 그 정도면 충분하다고 봅니다. 지금도 그 마음에는 변함이 없고요."

사실은 학생들이 우리말을 잃어버릴까 봐, 박 씨는 그 점이 더 두려웠는지도 모른다. 만에 하나 그런 일이 발생한다면 조선어문 수업은 공수래공

수거가 되고 마는 것이다.

"한 교원이 3년간 반 주임을 맡는 걸 여기서는 '코기러기'라고 합니다. 무리에 한번 코를 꿰면 기러기처럼 혼자서는 절대 날 수 없다는 뜻을 갖고 있죠. 약간의 장단점이 있긴 하지만 장점이 훨씬 많은 것도 사실이고요. 많게는 하루 12시간씩 3년을 한 공간에서 지내다 보면 서로의 눈빛만 보고도 상대가 무얼 원하는지, 금방 알아챈다 할까요. 연애를 하는 사람들처럼 애써 입씨름할 필요가 없는 겁니다."

그렇지만 간혹 찬물을 끼얹는 사람들이 있다. 학교에 새로 부임해 온 교원을 향해 값을 매기는 동료들이다. 특히 이 점은 농촌 학교에서 전근 온 교원들이 주요 타깃이 되기도 한다. 저 교원은 누가 뒷배를 봐줘 중심 학교로 온 걸까? 그리고 저 교원은 얼마를 쓰고 온 걸까? 2만? 4만? 삼삼오오 모여 떠들어 대는 동료 교원들의 말장난에 박 씨는 버럭 소리를 질렀다.

"그때 무슨 생각이 들었는지 아세요? 혹시 내가 전근 올 때도 교원들이 저 짓을……. 순간 머리꼭지가 돌면서 속이 확 뒤집히지 뭡니까."

이후 박 씨는 함부로 입을 놀리는 교원을 보면 단호히 대처했다. 상대를 헐뜯는 교원일수록 농촌 학교를 한 번도 가 본 적 없는 뒷배들로, 이른바 남의 눈에 든 티는 잘도 보면서 정작 자신의 눈에 든 들보는 보지 못하는 경우였다.

2007년 가을에 훈춘시 제 2 고중으로 학교를 옮겨 온 뒤였다.

첫 학기 첫 수업 시간을 맞아 박 씨는 칠판에 '두목'을 큼직하게 썼다. 중국어로 표기하면 따이투런^{웨이제장} 이었다.

"같은 연변 지역이라도 서로 편차가 있게 마련인데, 훈춘시의 경우 공오년^{2005년}에서 공팔년^{2008년} 사이가 가장 긴박한 시기였죠. 그때 한국으로 나간 조선족 부부의 이혼율이 기중 높게 나타났으니까요. 조용하던 세상이 한순간에 뒤집힌 것처럼 훈춘의 사정이 그러했으니 알량한 교원 직함으로 무언들 할 수 있겠습니까. 중학생 탈선은 그나마 학교로 돌아올 확률이 높지만, 고등학생은 비슷한 나이끼리 서로 몸을 주고받는 관계로 급 발전해 버린단 말이죠. 그걸 사전에 방지해 보고자 교원 호칭을 내려놓고 두목이 되기로 한 겁니다. 나이도 얼추 사십대 중반으로 접어들어 학생들에게 이모나 고모 노릇 정도는 할 수 있겠더란 말이죠."

보기보다 학생들의 반응은 의외로 뜨거웠다. 며칠 지나자 '노땅 두목'이라고 부르는 학생들이 더 많았다. 기다렸다는 듯이 박 씨도 인차 안도의 한숨을 내쉬었다. 학생들과 스스럼없는 관계를 만들어 가기 위해서는 보다 친근한 호칭이 필요했던 것이다.

앵두 클럽

학교 규정상 체육 대회를 마치면 각자 귀가하는 것으로 되어 있었다. 그러나 학생들이 노땅 두목을 물고 늘어졌다. 뒤풀이를 할 수 있도록 도와달라는 것이었다. 박 씨는 49명을 이끌고 양고기 뀀집으로 향했다.

체육 대회를 마친 학생들의 식욕은 놀라웠다. 마파람에 게 눈 감추듯 박 씨의 한 달 급여를 감쪽같이 먹어 치웠다.

"농담이 아니라, 그 다음 달은 난방비 낼 돈이 없어 벌벌 떨며 지내야 했습니다. 49라는 숫자가 무섭긴 무섭더라고요. 그렇게 먹어 대면 기둥뿌리가 날아갈 것 같지 뭐예요."

성년과 미성년은 어떤 점에서 다를까? 이성보다 감정이 앞서고, 그로 인해 위험한 감정을 수시로 노출해 낸다는 것? 박 씨에게 2007년은 결코 돌아보고 싶지 않은, 너무도 힘든 해였다. 교실이 하루도 편할 날이 없었다. 이혼 자체를 모르고 산 조선족 학생들에게 부모님의 결별은 이쪽에서 뻥 하고 터지면 저쪽에서 뻥 터졌다. 눈에 뵈는 게 없다는 말이 그때처럼 무섭게 느껴진 적도 없었다.

더 이상은 한계라고 여긴 박 씨는 실낱 같은 심정으로 교도처를 찾아갔다. 학급 배정을 교도처에서 담당하고 있어 마땅히 찾아갈 곳도 없었다.

"어느 학급이나 거칠게 구는 학생이 두셋쯤 있다는 건 나도 인정합니다. 그렇지만 그 숫자가 칠팔 명에 이른다면 뭔가 해결책이 필요하지 않을까요? 아, 그런데도 교도처장의 답변이 정말 황망하더군요. 공평한 학급 배정을 요구하자 글쎄, 말도 안 되는 소리를 해 대지 뭡니까. 교도처에서 일부러 그런 것이니 3년만 더 고생해 달라는……."

순간 박 씨는 웃음밖에 나오지 않았다. 남들은 일부러 피하는 고생을 왜 자신은 사서 하는지, 이제 시작인 3년을 생각하면 머리가 터질 것 같았다.

하루가 다르게 지쳐 가는 박 씨의 등을 어루만져 준 건 다름 아닌 김학철이었다. 중국에 루쉰이 있다면 조선족 자치주에 김학철이 있다, 결코 빈말은 아니었다. 그만큼 김학철은 조선족 사회에서 항일 투쟁가이자 작가로 치열한 삶을 살아온 보기 드문 존재였다.

"조선어문에 실린 그분의 작품을 수업할 때였죠. 김학철 선생이 마지막 남긴 한 마디가 내 심장을 툭 건드리지 않겠습니까. '편안하게 살려거든 불의에 외면을 하라. 그러나 사람답게 살려거든 그에 도전을 하라!' 순간 온몸이 뜨거워지더군요."

새 학기를 맞아 박 씨는 '앵두 클럽'이라는 인터넷 카페를 만들었다. 3년 전, 두 학생을 지키지 못한 아픔을 되풀이하지 않으려면 1학년 2반만의 소통이 절실해 보였다. 학생들의 이름을 익명으로 보장하자 앵두 클럽은 각자의 비밀들이 거침없이 쏟아졌다.

조용히 숨을 죽인 채 학생들의 고민을 지켜보던 박 씨도 카페에 장문의 글을 올렸다.

"지금도 나는, 오래전 내 동생을 생각하면 부끄러운 마음을 감출 수가 없습니다. 여러분의 나이 때 패싸움으로 다른 학생을 사망케 했던 것입니다. 그 벌로 동생은 감옥에서 9년을 갇혀 지내야 했습니다.

대학에 가고 싶어 재수를 할 때였습니다. 그때는 재수를 하려면 자신이 졸업한 학교를 한 번 더 다녀야 했는데, 후배들과 공부를 하려니 창피하기도 했습니다. 그나마 위안이 됐던 건 대학 입시에서 실패한 학생들이 생각보다 많았다는 겁니다. 재수생 반만 67명이나 됐으니까요. 나는 친구의 소중함을 그때 처음 깨달았습니다. 재수생 신분이라는 것이 왠지 떳떳치 못하고, 죄를 지은 것 같은, 그 어두운 굴레를 친구들과 함께 헤쳐 나온 겁니다.

대학교 생활도 꼭 즐거운 것만은 아니었습니다. 생활이 넉넉한 학생들은 한 달 용돈으로 50위안도 모자라 불만불평이었지만, 나는 100위안으로 한 한기를 버텨야 했으니까요. 더 큰 시련은 결혼과 함께 찾아왔습니다.

남들보다 대학을 2년 늦게 졸업한 나는 교원이 되자마자 결혼부터 서둘러야 했습니다. 내 낭군이 될 사람은 고등학교 때 만난 학교 친구였습니다. 7년을 사귄 끝에 결혼식을 올린 우리는 세상 누구도 부럽지 않았습니다. 나는 교원으로 남편은 공상국연합회에서 공작을 했으니까요. 하지만 우리의 결혼은 두 해를 넘기지 못한 채 그만 파경에 이르고 말았습니다. 남편이 춤바람이 나면서 무도장 출입이 잦아졌고, 그때 다른 여자와 눈이 맞아 딴살림을 차렸던 겁니다.

이혼한 사실이 주변에 알려지면서 교원질도 무척 힘들고 외로웠습니다. 조동을 하려 해도 나를 받아 주겠다는 학교가 나타나지 않아 혼자서 운 적도 많았고, 학부형들의 시선은 더 따가웠습니다. 다른 학교로 조동시키라며 학교까지 찾아온 적도 있었습니다. 그렇게 나는 반 주임에서 완전히 배제된 채 10년이라는 간고의 세월을 스스로 이겨 내야만 했습니다.

며칠 전에 읽은 소설에 이런 구절이 있더군요. '세월이 연마한 고통에는 광채가 따르기 마련'이라는. 여러분들의 힘든 시간을 다 안다고 말할 수는 없지만, 그렇더라도 자신이 세상으로부터 버림받았다는 생각은 하지 말았으면 합니다. 그럴 시간에 나는 여러분들이 자신과 한번 세차게 싸워 보라고 권하고 싶습니다. 자신과 싸울 줄 아는 자만이 진정한 승리자요,

더 따뜻한 체온을 가질 수 있기 때문입니다. 왜, 그런 말도 있지 않습니까.
아파본 사람이 아파하는 사람을 위로할 줄 안다는……."

학생들에게 써 내려갔던 한 담임의 진심 어린 고백. 자연 분위기가 숙
연해질 수밖에 없었다. 잠시 자리에서 일어나 박 씨가 맡고 있다는 학교
도서관을 둘러보았다. 모택동 선집을 비롯해 시대별로 엮은 중국의 근대
사 책들이 눈에 띄었다.

"책들이 좀 허술하죠?"

"그렇긴 하네요. 《중학생》과 《청년생활》 등 월간지를 제외하면 학생들

이 썩 좋아할 것 같지도 않고요."

비단 그것은 훈춘시 제 2 고중만의 문제는 아니었다. 조선족 학교마다 도서관에 비치된 책들이 낡고 오래되어 읽을 만한 게 별로 없었다. 책 속의 문장들마저 사회주의 건설에 맞춰져 군사 용어들이 주를 이뤘다.

커피를 한 잔 더 얻어 마신 뒤 밖으로 나오자 날씨가 예사롭지 않았다. 고속 도로가 빙판으로 변해 연길로 돌아가는 길이 폐쇄되었다는 소식을 들은 건 터미널에 막 도착해서였다. 동절기에 만주를 여행하면서 몇 차례 겪었던 일이라 다른 차편을 알아보았다. 고속 도로가 막혔다면 지방 도로를 운행하는 버스가 한두 편 남아 있을 시간이었다.

연길시 연변 제 1 중학교 | 박동혁

민족교육

교원 스스로가 돈이나 탐하고 출세에 눈이 멀었다면

그 학교는 하루빨리 문을 닫는 편이 좋다고 하더군요.

나는 우리 학교 교원들을 그런 점에서 매우 높이 평가합니다.

민족 교육

전교생 2300명에 교원이 180명이면 큰소리칠 만해 보였다. 많은 사람들이 연변 제 1 중학교_{고등학교}를 가리켜, 연변에서 가장 잘 나가는 학교라고 말했던 것이다. 그도 그럴 것이 연변 제 1 중학교는 조선족 학생들에게 선망의 대상이었다.

1952년에 개교한 연변 제 1 중학교는 연길시 청양가에 자리해 있었다.

중국어 4교시,
조선어문 3교시

"전체 교원이 180명이면 조선어문 교원은 몇 분이나 됩니까?"

"12명이 맡고 있습니다. 나는 한 주간에 3교시만 하고 있고요."

"생각보다 수업이 많은 편은 아니네요. 다른 선생님들도 그렇습니까?"

"아닙니다. 2년 전 조선어문 조장을 맡으면서 반 주임도 내려놓았습니다."

북경, 청화, 과학 기술 대학 등 연변 제 1 중학교의 명문 대학 진학율은 익히 알려져 있다. 그러나 박동혁 교원은 예전 같지 않다며 손사래를 쳤다.

"쓸 만한 인재들일수록 연길에 머물려 하지 않고 상해나 북경, 심수 등 대도시로 모두 빠져나가지 뭡니까. 조선족 부모들마저 자녀를 한족 학교로 보내는 추세고요."

뿐만 아니라 박 씨는 조선족 학교를 다니는 학생들도 걱정되긴 마찬가지라며 혀를 찼다.

"먼저는 조선족 부모들이 장기간 외국에 나가 살면서 학생들이 대화할 상대를 잃어버렸다는 겁니다. 연길만 보더라도 우리말을 못 하는 학생이 한둘 아니니까요. 조선족 사회의 교육열은 날로 높아지는 반면 우리말 실력은 하루가 다르게 낮아지는 형편이니 이를 어찌하면 좋을지 모르겠습니다. 학교 사정은 더 안 좋단 말이죠. 일주일 기준으로 중국어는 4교시, 조선어는 3교시뿐이어서 답답할 노릇입니다."

"조선어문이 중국어에 밀리는 형세군요. 그것도 조선족 학교에서."

"현실이 그렇다 보니 조선어문 교원들한테도 사실대로 털어놓곤 합니다. 앞으로 15년 후면 학생들의 입에서 우리말이 사라질지도 모른다고. 소학교 때는 곧잘 하다가도 초중에 들어가면 절반으로 뚝 떨어지고, 고중의 경우는 중국어와 우리말을 반반씩 섞어야 대화가 가능하달까요?"

앞으로 15년, 변화의 속도가 빠른 21세기의 시계로 본다면 금방일 것 같았다. 더구나 연변 조선족 자치주의 해체설까지 대두되고 있어 남의 일 같았다. 200만을 자랑했던 조선족 인구가 한 · 중 수교 이후 176만 명으로 뚝 떨어졌기 때문이다.

잠깐 보여 줄 게 있다며 박 씨가 밖으로 나가자고 했다. 3교시 수업을 마친 학생들이 운동장으로 쏟아져 나왔다. 조선족 학교에서 말하는 허리 펴 주고, 목 풀어 주고, 눈알 돌려 주는 속칭 '업간 체조' 시간이었다.

"중국 정부의 교육 방식이 약간 센 편입니다. 지금처럼 3교시 수업을 마쳤을 때, 그리고 자습 시간 도중에도 운동장에 모여 하루 1600m를 반드시 뛰어야 하니까요. 그러고 보니 하나가 더 있군요. 1학년의 경우 입학과 동시에 군사 훈련을 받아야 합니다. 일주일간 현역 군인이 직접 인솔하는데 줄 맞추기, 달리기, 정자세로 서 있기 등 입학 초부터 정신이 번쩍 들 수밖에 없죠."

"여학생도 받습니까?"

"물론입니다. 중국은 단체 활동 시 남녀 따로 구분하지 않습니다. 오십 대 오십으로 보는 거죠."

박 씨의 말대로 운동장에 모인 학생들이 일사분란하게 유기적으로 움직였다. 영하 18도의 날씨에도 흐트러짐이 없었다. 각 반마다 기수의 구령에 맞춰 운동장 트랙을 힘차게 뛰었다.

"하루 수업은 몇 교시나 합니까?"

"학년에 관계없이 8교시를 합니다. 오전 6시 50분(한국 시간 7시 50분)까지 입실해 수업을 다 마치면 오후 3시 40분이 되고요. 그 다음은 자습으로 들어

속칭 '업간業間 체조' 시간에 운동장을 도는 학생들

가 1, 2학년은 6시에, 3학년은 8시 반에 마칩니다. 대학 입시가 임박할 때
는 오후 8시 반부터 10시 반까지 학원을 다닐 수도 있고요."

그렇지만 학원을 다니는 학생은 몇 안 된다고 했다.

"5분의 1이나 될까요? 정말 급한 학생이 아니면 자기절로 공부하는 편
입니다. 학원을 다니려 해도 연길에만 서너 곳 있을 뿐 도문, 훈춘, 용정
등은 학원 자체가 아예 없고요. 아마 연변 지역에 학원을 차렸다간 한 달

도 못 돼 망할 겁니다."

"여기도 교원들에게 자습 수당이 지급되는가요?"

"월 1000위안 정도 됩니다. 급여에 비하면 적은 돈은 아니죠."

"하나만 더 여쭤 봐도 될까요. 담임을 하려면 어떤 조건을 갖춰야 합니까?"

"글쎄요. 각 학교마다 기준이 조금씩 다를 수도 있는데, 우리 학교의 경우 학생들의 성적, 주제 회의, 협동심, 봉사 활동 성과 등을 통해 담임의 유임을 결정하는 편입니다. 결과적으로 보면 학생들 손에 그 결정권이 달려 있다고 할 수 있죠."

마침 점심시간을 알리는 종이 울리고 있었다. 단고기를 먹을 줄 아느냐는 말에 고개를 끄덕이자 밖으로 나가자고 했다. 연변 예술단 단원들이 즐겨 찾는 단고깃집이 멀지 않은 곳에 있다며……

여기 여명은
고요해라

박 씨의 고향 집길림성 안도현 북산촌은 마을에서 동화책이 가장 많은 집이었다. 박 씨가 그중 감명 깊게 읽은 동화는 막심 고리끼의 3부작 『어린 시절』, 『인간들 속으로』, 『나의 대학』, 니꼴라이 오스뜨로프스키의 『강철은 어떻게 단련되는가』 등이었다.

"주로 러시아 쪽 소설을 읽으셨네요?"

"1970년대는 그럴 수밖에 없었습니다. 중국에 유소년들이 읽을 만한 책이 거의 없었으니까요."

하지만 독서는 나름 고통도 뒤따랐다. 책을 다 읽고 나면 어머니는 꼭 독후감을 쓰도록 했다.

"어머니만의 독서법이라고 해야 할까요? 단순히 책을 읽는 데서 그치면 어머니는 50점을 주었지요. 그 정도는 누구라도 볼 수 있는 풍경에 지나지 않는다면서. 한 권의 책을 다 읽은 후, 거기에 따른 독후감까지 모두 마쳐야 비로소 그 책은 읽은 사람의 것이 된다면서 말이죠. 그래서인지 나는 어려서부터 어느 집이나 불행은 하나씩 있다는 쪽을 더 믿는 편이었습니다. 우리 집만 보더라도 두 분께서 교원 사업에 집착한 나머지 정작 자식들은 부모님의 사랑을 제때 받아보지 못했으니까요. 집안 분위기가 소설보다는 교과서에 더 가까웠었죠."

박 씨는 그때마다 기관사로 일하는 큰아버지가 떠올랐다. 마을 앞으로 기차가 지날 때면 이런 상상에 젖곤 했다. 저 기차는 누구의 꿈을 싣고 달리는 걸까? 나도 저 기차를 타고 꿈의 나라로 한번 가 봤으면……

부모님의 자리가 늘 비어 있다고 느껴지는, 그런 박 씨에게 한 누나가 다가왔다. 자신보다 두 살 많은, 소아마비를 앓는 누나였다. 등·하교 때면 박 씨는 그 누나의 책가방을 도맡아 들었다. 일주일에 두 번씩 어머니한테 과외 학습^{문화 혁명 시기에는 교원이, 같은 마을에 사는 학생들 중 성적이 떨어지는 학생을 무료로 지도하는 일이 많았다.}을 받는 누나여서 마음이 더 끌릴 수밖에 없었다.

그런데 한날, 그 누나가 보이지 않았다. 혼자서 철길 위로 난 다리를 건너다 그만 떨어져 죽은 것이다.

"1974년 10월, 소학교 2학년 때였죠. 책가방을 끌어안은 채 죽은 누나의 시신을 보는 순간 다리가 후들거려 도저히 걸을 수가 없더군요. 이 모든 게 나로 인해 벌어졌다는 자책감도 들고."

그리고 시간이 얼마쯤 흘렀을까. 죽은 누나의 몫까지 공부를 하려면 이러고 있을 때가 아니었다. 가난한 집에서, 소아마비로 태어난 누나의 마지막 모습을 생각하면, 가슴이 더욱 아팠다. 누나는 끝까지 책가방을 끌어안은 채 죽지 않았던가!

중학생이 되자 오히려 아버지의 다그침은 갈수록 심해졌다. 너는 우리 집의 장남이다, 맏이는 항상 동생들한테 모범을 보여야 한다. 좋은 소리도 한두 번, 영화를 볼 때면 박 씨는 못 되고 악한 역을 하는 배우들이 부러웠다. 나쁜 짓을 하면서도 먹을 것 다 먹고 껄껄껄 웃어 대는 장면이 잠시도 머릿속에서 떠나지 않았다.

"반장질도 쉽지는 않더군요. 기숙사 생활을 할 때라 친구들이 내심 부럽기도 했고요. 남학생과 여학생들이 서로 속을 트면서 감정을 나눌 때도 반장이라는 책임감에 시달리느라 그런 자리에 한번 낄 수조차 없었던 겁니다."

"그래도 누군가 다가오긴 했을 것 같은데……? 아무나 하는 반장이 아니잖습니까."

"목책을 선물한 여학생이 있긴 있었네요. 그렇지만 난 받기만 했지 주지는 못했죠. 선물을 주고 나면 연애를 해야 하고, 책임을 져야 한다는 생각에 더럭 겁부터 나지 뭡니까."

마음이 울적할 때면 혼자서 찾는 곳이 있었다. 교정 소나무 그늘에서 책을 읽던 박 씨는 숨이 멎는 듯했다. 『여기 여명은 고요해라』는 그동안 읽은 책들을 다 잊어도 좋을 만큼 아름답고 뜨거웠다.

"소설의 스토리는 2차 세계 대전 당시 소련의 어느 후방에서 벌어졌던 일입니다. 굉장히 치밀하게 접근하는 독일의 정찰병들도 소름이 끼쳤지만, 하나둘씩 죽어가는 소련의 여군 통신병들은 더 아름답더군요. 여성이야말로 지구상에서 가장 아름다운 삶과 가장 아름다운 죽음을 동시에 가진 존재였습니다."

박동혁 선생의 이야기를 듣고, 1972년 한국에서도 상영한 바 있는《여기 여명은 고요하여라》를 뒤늦게 접한 소감은 두 가지였다. 각 인물들의 심리 묘사가 1970년대 영화치고는 매우 뛰어났다는 점이고, 청소년 시기에 영화의 원작을 읽었다면 누구라도 소련 여군들에게 반할 만도 했을 거라는 점이다. 박동혁 선생도 이야기 말미에 여성을 바라보는 세계관이 바뀌었다고 했던 것이다.

"이전까지는 여성들한테 길도 제대로 못 물어봤습니다. 그랬던 내가 그 소설을 읽고 나서는 몰라보게 변해 있지 뭡니까. 소련의 한 마을을 지키고자 했던 다섯 명의 여군들처럼 내 인생도 그렇게 한번 격동적으로 살아보고 싶었고요."

그러나 한 편의 감동은 바람처럼 잠깐이었다. 나에게 연애란 정말 불가능한 것일까? 책을 덮고 나면 용기마저 사라졌다.

등굣길 중간에서 만나는 한 여학생이 있었다. 저 여학생을 태워야 하나 말아야 하나⋯⋯? 이번에도 박 씨는 끝내 결정을 내리지 못했다. 여학생을 태웠다가 학교에 알려지면 담임 귀에 들어가는 건 시간 문제일 것이고, 일이 그렇게 되면 얼마 전 교장으로 승진한 아버지의 귀에도 들어가, 고등학교 입학 선물로 자전거를 사 줬더니 연애질이나 하고 다닌다며 한바탕 전쟁이 날 게 뻔하고⋯⋯.

"내 인생에서 가장 후회되는 점이 바로 그때의 일입니다. 풍파는 나중에 생각하고 그 여학생을 반드시 태웠어야 했던 겁니다. 그 여학생이 소련의 여군처럼 미국에서 멋진 삶을 살아가지 않겠습니까. 그때 자신은 이미 준비가 다 되어 있었는데도 왜 태워 주지 않았느냐며, 동창회 때 원망을 늘어놓지 뭡니까."

이미 떠난 버스, 그래서 여운은 더욱 아릴 수밖에 없었다. 다름 아닌 그 여학생은 만고의 첫사랑이었던 것이다. 지금도 길을 가다 자전거만 보면 문득문득 생각나는⋯⋯.

그래 모교로 가자

1984년 박 씨의 첫 발령지는 연변 제 1 사범 학교였다. 소학교 교사와 유치원 교사를 양성하는 곳으로, 학생들도 중학교 졸업자와 고등학교 졸업자가 과별로 나뉘어 있었다.

"10년 전쟁文化 革命'을 치르면서 중국의 교육이 망가질 대로 망가져 있었단 말이죠. 그걸 바로 잡으려면 부족한 교원 확보가 시급한 실정이었고요. 제 1 사범 학교도 그런 토대에서 설립된 겁니다."

"공부를 꽤 하셨던가 보네요. 첫 발령지가 교사를 양성하는 사범 학교
였잖습니까."

"연애질도 못 하는 주제에 할 수 있는 게 있었어야 말이죠. 이건 농담이
고요, 사실은 출판사 일을 해 보고 싶었습니다. 대학 시절에 일어로 된 소
설을 사전 없이도 읽어 냈으니까요. 중국은 출판업도 국가에서 직접 운영
하잖습니까."

"그런데 왜 안 하셨습니까."

"집안의 맏이인데다, 부모님의 교원 사업을 모른 척할 수 없었죠."

담임을 맡은 박 씨는 새로운 사실을 알게 되었다. 농촌에서 진학한 학
생과 도시에서 성장한 학생의 구분점이었다. 농촌에서 온 학생은 공동체
에 강한 반면 도시의 학생은 자기 관리가 눈에 띄었다. 소학교를 끝으로
줄곧 도시에서만 지내고 있는 박 씨는 유년 시절이 그리웠다. 농촌에서
살 때는 아무 집에나 들어가 밥을 먹어도 되지만 도시는 전혀 다른 구조
였다. 손에 돈이 없으면 굶어 죽을 판이었다.

담배를 피우다 들킨 학생과 마주쳤을 때 박 씨는 가벼운 경고 조치로 마
무리를 지었다. 첫 발령 때 아버지는 세 가지 의미 있는 메시지를 선물로
주었다. 학생이 실수를 범했을 때 단칼에 베지 마라, 정말 강한 자는 채찍
을 들지 않는다, 교직자는 잠시 길을 잃은 학생에게 그 방법을 알려주는
사람일 뿐이다.

그러나 인내에도 한계가 있는 법, 무려 다섯 번에 걸쳐 눈을 감아 주었

는데도 학생은 안하무인이었다. 담임의 말을 무시하는 것 같아 박 씨도 더는 참을 수가 없었다.

"부모님을 모셔 오라고 했더니 주머니에서 드라이버를 꺼내 내 복부를 가격하지 않겠습니까. 두꺼운 옷을 입었기에 망정이지 그렇지 않았다면 병원으로 실려 갔을 겁니다."

화장실 주변은 순간 아수라장으로 변했다. 놀란 가슴에 비명을 지르던 여학생들은 달아나느라 바빴고, 담배를 피우다 들킨 학생도 어디론가 벌써 사라지고 없었다.

학생의 어머니가 학교로 찾아온 건 그 다음 날이었다. 교장실로 불려 간 박 씨는 헛웃음밖에 나오지 않았다. 적반하장도 유분수지, 담임 때문에 우리 아들이 집을 나갔다며 먹살이라도 틀어쥘 기세였다.

"그 다음 날에도 학교를 찾아와 못살게 구는데……. 졸지에 죄인이 된 것 같아 동료 교원들 보기가 민망스럽지 뭡니까. 자존심이 상하기도 하고요."

아내와 상의 끝에 박 씨는 일본으로 나가는 길을 알아보는 중이었다. 이런 상태로는 사범 학교에 더 이상 남고 싶지 않았다. 일본으로 건너가 공부를 더 하든 돈을 벌든 중국을 떠나고 싶었다.

정작 길은 엉뚱한 곳에서 열렸다. 학생처로 부서를 옮긴 박 씨는 그제야 두 다리를 쭉 펼 수 있었다.

"교실에서 벗어났다는 사실에 속은 편하더군요. 학생처라는 곳이 학생들의 학적, 장래, 픽업 등을 안배하는 곳이잖습니까."

그러나 학생처 일도 오래 하진 못했다. 학교에 새 교장이 부임하면서 크고 작은 마찰이 끊이지 않았다.

"여성 영도치고는 완력이 보통 아니었죠. 직원들 의견 따위는 들으려고 조차 하지 않았으니까요. 그중에서도 내가 가장 싫었던 부분은 면전에 대놓고 치켜뜨는 눈매였었죠. 속된 말로 정나미가 뚝 떨어지더군요. 남자는 얼굴에 대충 물만 묻히고도 밖을 나갈 수 있지만 여성은 좀 다르잖습니까. 그걸 잘 알고 있기에 남성들은 여성을 배려하는 차원에서 기다리는 법을 배워 가기도 하고요. 영도가 오죽 싫었으면 아내와 결혼한 것까지 후회를 했겠습니까."

절이 싫으면 중이 떠난다 했던가! 사범 대학교 동기와 술을 마시는 자리였다. 연변 제 1 중학교로 오라는 친구의 말에 박 씨는 더도 덜도 묻지 않았다. 그래, 내 모교로 가자! 이 생각밖에는 들지 않았다.

자존심과 자부심

"14년 만에 다시 모교로 돌아오니, 크게 달라진 건 없더군요. 소나무 그늘에서 읽었던 『여기 여명은 고요해라』의 장면들도 하나둘씩 되살아나고. 특히 조선어문 교원들과 민족 교육에 대해 의견을 나눌 때가 가장 행복했습니다."

"방금 민족 교육이라고 말씀하셨는데, 선생님한테 민족 교육은 어떤 의미입니까?"

"연변 지구의 옛 이름이 간도 였잖습니까. 백여 년 전 조선의 선조들이 목숨과 바꿔 일떠선. 그 바탕에는 또 일본 제국의 총칼에 맞서 지켜 낸 민족 교육과 항일 정신이 숨 쉬고 있고요. 바로 그걸 지켜 내고 계승하는 일이 민족 교육의 첫 단계가 아니겠습니까? 해방 후 국공내전 [중국 국민당과 공산당 간의 내전] 때 이런 일도 있었지요. 조선의용군 제 4 야전대가 해남도 [중국 하이난 섬] 까지 밀고 내려가자 모택동이 감탄하여 조선인을 인정할 수밖에 없었다는……."

그러면서 박 씨는 한국과 북한 사이에서 어정쩡한 자세를 취하고 있는 조선족에 대해서도 솔직한 심정을 털어놓았다.

"우리는 남조선도 북조선도 아닌, 중국 국적을 가진 조선족 일원이란 말이죠. 어떻게 보면 입장이 좀 애매한 제삼자일 수도 있죠. 재기 불능 상태에 빠진 북조선은 그렇다 치고, 남조선인 한국도 혼란을 초래한 것만은 사실입니다. 88올림픽 때만 해도 이곳 조선족들이 한국을 얼마나 자랑스러워했는데요. 인구도 별로 많지 않은 절반짜리 나라에서 단독으로 세계 대회를 성대히 치러 냈다고. 그랬던 한국이 중국과 수교를 하고부터 실망감을 안겨 주더군요. 한국이 눈부시게 발전을 한 건 맞지만, 그 발전이 굉장히 탐욕적으로 변하지 않겠습니까. 사람보다 돈을 더 숭배하면서 말이죠."

2013년에 방영된 텔레비전의 한 드라마는 더 충격적이었다.

"한국 학교의 질서가 왜 저 모양인가 싶어 정신이 번쩍 나더군요. 선배가 후배를 못 살게 굴고, 학급에서 친구끼리 서로 왕따를 생산하고, 교학 시간인데도 학생들이 일없이 잠을 자고……. 수업 시간에 학생들과 드라마《학교》를 주제로 열띤 토론을 벌인 적 있습니다. 그때 같은 입장의 학

민족 교육 165

연길시 연변 제1 중학교 전경

吉林省延边

생들이 두 가지 문제점을 지적하더군요. 첫째 학교가 학교다운 맛을 잃어 버렸다는 것이고, 둘째는 학교마저 힘 있고 돈 많은 학생만이 살아남는 아주 못된 구조를 갖고 있다는 것이었습니다."

비록 한 편의 드라마이긴 하지만 듣기 좋은 말은 아니었다. 학교에서 학생들 잠이나 재울 거면 교원이 왜 필요한지, 험한 말까지 나왔던 것이다.

잠시 《학교》라는 드라마에서 벗어나 각자 숨을 돌린 뒤였다. 한국에 대한 장점도 듣고 싶다고 하자 박 씨가 흔쾌히 입을 열었다.

"한국 사회의 강점은 백성들의 생활상이 진실해 보인다는 겁니다. 중국 방송은 뉴스에 영도들이 먼저 나오고 백성들은 나중에 나오는데, 한국은 중국과 정반대더군요. 나는 그게 옳다고 봅니다. 그리고 한국 사회에서 크게 배울 점은 어떤 문제가 발생했을 때 그 뿌리까지 뽑아 내려 한다는 것입니다. 비판 정신이야말로 백성들을 이롭게 하고 국가를 국가답게 만드는 원동력이라고 할 수 있죠. 그렇지만 고쳐야 할 점도 보였습니다. 우리도 중국 내 소수 민족으로 살면서 불편한 점이 한두 가지 아닌데, 그때마다 지켜보는 건 한국과 북조선의 관계란 말이죠. 남과 북이 서로 평화롭게 지내면 조선족도 힘이 나고 위상도 높아질 텐데 그게 늘 아쉽지 뭡니까. 해외에서 살고 있는 기타 동포들을 위해서라도 동족 간 민족 싸움은 이제 그만했으면 좋겠네요. 모든 면에서 앞서가는 한국이 먼저 더 큰 포용력을 가졌으면 하는 바람도 있고요."

"한국에 대해 상당히 폭넓게 알고 있는데, 혹시 한국의 교과서를 보신 적은 있나요?"

"4년 전에 우리 학교 교감 선생님이 한국을 방문했다 가져온 국어 교과서를 본 적 있습니다. 해설 부분이 참 좋더군요. 수능 시험을 대비한 문제들도 탁월해 보였고요. 솔직히 말하면 조선어문은 한국 국어 교과서와 비교해 소학교 수준 정도라고 할 수 있습니다."

여기서 한 가지, 묻고 싶은 것이 있다고 했다.

"그 정도 수준의 공부를 하면서 학원은 왜 다니는 겁니까? 교원들의 실력이 약해서입니까? 아니면 시험 때마다 교육국이 장난을 치는 겁니까? 언제 한번 기회가 주어지면 꼭 물어보고 싶었습니다. 그렇잖습니까. 학교에 뭔가 문제가 있기 때문에 학생들이 학원으로 몰려가고, 학교보다 학원을 더 신뢰하는 것 아닐까요? 한국의 교육을 보면 장사꾼들의 손에 쥐락펴락 놀아나는 형국이란 말이죠. 그로 인해 힘들어 하는 건 부모들이고요. 이걸 좀 시급히 해결했으면 하는 바람입니다. 아이들의 교육과 관련한 일은 총을 들이대서라도 장사꾼들의 검은손을 차단하는 게 옳다고 봅니다."

"듣고 보니 오싹하군요. 조선족 학교는 노동에 비해 교원들의 급여가 너무 낮은 것 같던데 여기에 대해서는 어떻게 생각하십니까?"

"월급에 대해서라면 저도 만족 못 합니다. 연길의 물가나 서울의 물가나 큰 차이가 없는데도 교원 급여는 다섯 배 가까이 차이가 난단 말이죠."

한국 취업 바람이 불면서 조선족 학교의 교원들이 한국으로 속속 빠져나갈 때였다. 그런데 놀라운 일이 벌어졌다. 연변 제1 중학교만 단 한 명의 교원도 동요하지 않았다. 박 씨는 그 이유를 '자존심'과 '자부심'으로 요

校史館

연변 제 1 중학교의 역사를 전시해 놓은 교사관의 현판

약했다.

"각 국가마다 자국을 대표하는 학교가 있지 않습니까. 연변 제 1 중학교도 그중 하나라고 보시면 됩니다. 조선족 학교를 대표하는 고등학교로 거기에 걸맞은 자존심을 지키고 싶었고, 단 한 명의 교원도 유실되지 않은 건 바로 자부심 때문이었으니까요. 교원 전체 회의에서 나온 말이기도 하지만, 교원 스스로가 돈이나 탐하고 출세에 눈이 멀었다면 그 학교는 하루속히 문을 닫는 편이 좋다고 하더군요. 나는 우리 학교 교원들을 그런 점에서 매우 높이 평가합니다."

60년의 발자취를 전시해 놓은 교사관 관람을 마치고 밖으로 나오자 멈췄던 눈이 다시 내렸다. 중국 56개 소수 민족 중에서 인구수가 열세 번째로 많은 조선족에 대해 한 번 더 생각하지 않을 수 없었다. 수전水田이 불가능했던 만주 벌판에 벼농사를 성공시킨 장본인이 바로 오늘날의 조선족이었던 것이다. 연변 제 1 중학교가 그 중심에 서 있었다.

용정시 고급 중학교 | 황해란

그냥 그 이름으로

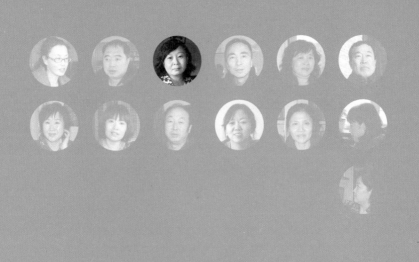

지혜로운 영도일수록 교원들을 자극해선 안 된다고 봐요.
숱한 유혹에도 마지막까지 학교를 지킨 교원들의 의지를
꺾지 말아 달라는 겁니다. 여기서 한 번 더 문제가 생긴다면
조선족 학교는 20년 갈 것 10년도 못 가 무너질 수도 있단 말이죠.

그냥 그 이름으로

연변 조선족 자치주에서 최고 면적의 수전 벌을 자랑하는 용정龍井. 간도에 첫 학교서전서

숙瑞甸書塾 가 들어섰던 용정. 그리고 일제 강점기에는 항일 독립 만세 운동의 시발점이 되

었던 곳. 이처럼 인구 25만의 용정은 우리와 역사가 깊은 도시다.

한때 용정에서 살았던 소설가 강경애는 다음과 같이 표현하기도 했었다.

"나는 간도용정를 안 지 불과 이태에 지나지 않지만 누구에게나 간도를 자랑하고 싶다. 그

것은 자연의 풍경도 아니요, 또 산물의 풍부함도 아니다. 오직 이곳에 있는 사람들은 씩씩

하다는 것이다."

22년차 3200위안

아나나 다를까! 용정 고급 중학교고등학교 황해란 교원의 첫마디도 항일

역사였다.

"조문국어 교학 때 틈틈이 항일 운동에 대해 지도하고 있는데, 아마 연변

지역에서 해를 거르지 않고 청산리 전투 유적지를 견학하는 것도 우리 학

용정시 고급 중학교 전경

교가 유일할 겁니다."

"조선어문만으로는 어려움이 많을 텐데요? 학생들이 중국사만 배우잖습니까."

"그걸 어찌 아셨습니까? 우리 학교는 연변인민출판사에서 제작한 『조선 역사』를 따로 구입해 가르치고 있습니다. 부족한 부분은 네이버를 통해 지식을 보충하고요."

"네이버라면, 인터넷 사이트를 말하는 겁니까?"

"옳습니다. 학생들이 기본상 우리 역사의 정황을 알아야 정몽주, 정철, 성삼문이 쓴 시조를 좀 더 심도 있게 분석해내지 않겠습니까. 역사성이 깃든 문학을 문학으로만 가르치면 학생들이 가져갈 지식 또한 옹색할 수밖에 없단 말입니다. 그리 되면 나중에 커서도 우물 안 개구리처럼 살아갈 수밖에 없고요."

그러면서 황 씨는 한국 학생들보다 조선족 학생들의 역사 이해도가 훨씬 더 빠를 거라고 했다. 고조선을 비롯해 고구려, 고려, 발해, 항일 운동 유적지가 만주 땅에 아직 남아 있기 때문이다.

"용정 고중에서 근무한 지는 얼마나 되셨습니까?"

"올해로 딱 10년쨉니다. 북동에서 2년, 투도에서 6년, 화룡 고중에서 4년 근무하다 용정 고중으로 왔지요."

"22년차면 결혼은 하셨을 것 같고, 황 선생님 남편도 같은 사업을 하십니까?"

"아닙니다. 우리 집 나그네는 한국에 나가 있습니다. 한 집에 공무원이 둘이라도 자녀가 대학을 다니면 인차 생활이 바빠진단 말입니다. 우리 집 나그네는 특산국에서 공작을 했더랬습니다."

"두 사람 월급으로도 따님을 공부시키기 어려웠던 모양이군요."

"여긴 그렇습니다. 지방 단위 공무원일 경우 근심을 놓을 수가 없습니다. 용정 고중도 구사년에 교원 유실이 가장 컸는데, 그때 학교를 그만둔 교원만 서른 명이 넘었지 뭡니까."

중국은 재정을 중앙 정부에서 30%, 나머지 70%는 지방 정부가 해결하는 구조다. 그러나 1994년 당시 용정시의 재정은 거의 고갈 상태였다. 임금 체불이 1년 넘게 지속되었다.

"중앙 정부에서 내려보낸 돈마저 시 정부에서 내놓지 않으니 무슨 수로 버티겠습니까. 나부터도 회의감이 들더란 말이죠. 교원질을 계속해도 되겠는지, 자신감도 떨어지고."

일은 거기서 끝나지 않았다. 이미 학교를 떠난 교원들의 빈자리를 메우는 일이 더 힘들었다. 교직원 전체가 발 벗고 나섰지만 절반도 채우지 못했다.

두 해 전 남편도 볼 겸 한국을 다녀왔다는 말에 그 이야기부터 들어 보기로 했다.

"한국은 다 좋은데 물가가 영 비싸더군요. 내 석 달 치 월급을 보름 만에 다 섰지 뭡니까. 여기서 교원질하다 한국으로 간 친구와 함께 모텔에서 잠자고, 음식을 맛있게 요리한다는 식당을 찾아가 배불리 밥도 먹고, 기본상 여자들이 바르는 화장품 몇 개 샀더니 글쎄, 돈이 바닥을 드러내지 않겠습니까. 내 그때 피뜩 깨달았습니다. 우리 집 나그네가 얼마나 고생을 하는지……. 한국에 나가 보니 알겠더란 말입니다. 높은 물가에 비하면 절대 임금이 많지 않다는 걸."

황 씨가 받는 현재 급여는 3200위안(한화로 약 57만 원). 이에 대해 황 씨는 앞으로도 대우가 별로 나아질 것 같지 않다며 한숨을 내쉬었다.

"3년 전부터 반 주임 공작비마저 깎였지 뭡니까. 국가(중앙 정부)에서 주던 120위안이 80위안으로 내려 앉았으니 시 정부라고 가만있겠습니까. 매달 450위안씩 받던 반 주임 공작비를 새 국가(시진핑 정부)가 들어선 뒤부터 300위안을 받고 있단 말이죠."

황 씨의 사연을 듣고 보니 22년차 교원의 급여치고는 너무 빈약해 보였다. 딸 밑으로 들어가는 돈만도 매달 4000위안이 넘는다고 했던 것이다. 그러니까 부부가 함께 공무원을 했다가는 죽도 밥도 안 되었다.

윤동주에서
탈무드로

가수 윤형주(윤동주 시인의 육촌 동생) 씨가 매년 개최하는 '윤동주 시 낭송 대회'에서 은상을 수상한 바 있다는 황 씨가 한 가지 의문점을 제기했다.

"조선족 학생들이 배우는 조선어문 교재에 왜 윤동주 시인의 시가 실리지 않는 거죠? 한국 교과서에는 척척 잘도 실리면서 정작 시인의 연고가 용정인 조선족 교과서에는 그의 시가 단 한 번도 실린 적이 없단 말이죠.

그것도 해마다 시 낭송 대회는 빠트리지 않고 열면서 말이죠."

정말, 왜 그런 걸까? 무슨 말 못 할 사연이라도 있는 것일까? 이야기를 듣고 보니 그 속내가 더욱 궁금해졌다. 다들 알고 있는 것처럼 용정은 윤동주 시인의 고향이 아닌가.

「서시」, 「별 헤는 밤」 그리고 황 씨가 가장 아낀다는 「십자가」 등 윤동주 시인이 남긴 시에 대해 이야기를 나눌 때였다. 황 씨의 다음 이야기에서 문제의 수수께끼가 풀리는 것도 같았다.

"중국이 아직은 파쇼적이란 말입니다. 교육도 그렇고 학생들을 틀어쥐는 것도 그렇고. 연변 지역에 첫 한국 책이 들어온 게 구삼년1993년부터였는데, 교학 시간에 나는 『탈무드』를 들려주곤 했습니다. 당시만 해도 모택동, 막심 고리끼 등 파쇼 위주의 명언밖에 없어 학생들이 얼마나 지겨워했는데요. 그래 심도 있는 인생을 살아 보라는 의미에서 하루에 한 개씩 비타민처럼 『탈무드』의 명언을 들려주기 시작한 겁니다. '먹는 기름보다 등불 기름에 더 많은 돈을 쓰지 않으면 지혜를 얻지 못한다', '인재가 되기 전에 인간이 되어라', '껍질만 보지 말고 그 안에 들어 있는 것을 보라' 어떻습니까, 듣기에도 좋지 않습니까?"

"『탈무드』라면, 함부로 꺼내서 볼 책은 아니었군요. 중국 정부의 종교 관련 감시가 보통이 아니잖습니까."

"잘 아시네요? 그래서 학생들에게 들려줄 명언을 수첩에 따로 적어 갔던 겁니다. '인간은 20년 걸려서 배운 것을 2년으로 잊을 수도 있다'는 말이 무슨 뜻이겠습니까? 인간을 만들자고 교육시키지 출세를 시키자고 교학 하는 건 아니란 말이죠. 오늘날을 한번 보십시오. 인간들이 너무 똑똑

윤동주 생가

하고 출세에만 눈먼 나머지 다들 자신밖에 모르잖습니까."

몇 해 전이었다. 황 씨는 미소가 절로 나왔다. 그날 학교로 전화를 걸어 온 사람은 투도 중학교 교장으로 있는 옛 스승이었다.

"전화기를 들자 스승님께서 칭찬부터 하시지 않겠습니까. 니가 제자들을 진중하게 잘 가르쳐 놓은 것 같다면서 말이죠. 내가 가르쳤던 한 학생이 교원이 돼서 투도 중학교로 공작을 갔던 모양인데, 그 교원이 학생들에게 들려준 명언이 무척 신선했던가봅니다. 이야기 끝에 스승님도 탈무드 책에 대해 묻더란 말입니다. '말 한마디로 천 냥 빚을 갚는다'는 속담도 있듯이, 별 것 아닌 것 같은 한 줄의 명언이 그렇습니다. 잘만 들려주면 한 사람의 인생쯤은 얼마든지 바꿔 놓을 수 있습니다."

한 줄의 명언은 곧 의자를 곧게 지탱시켜 주는 못에 해당한다고 했던 가. 『탈무드』는 이후 학생들 작문에도 적잖은 영향을 미쳤다.

황 씨가 투도 중학교에서 재직할 때였다. 조선족 자치주 학생 작문 대회에서 대상을 받아오자 학교가 떠들썩했다. 투도 중학교 개교 이래 작문으로 학교를 빛낸 건 처음이라며 하나같이 황 씨의 노고를 치하했다. 한데 이 무슨 말도 안되는 소리란 말인가. 연말을 앞두고 황 씨는 소매치기를 당한 기분이었다.

"주_주선족 자치주와 시_{화룡시}에서 공동으로 선정한 올해의 모범 교원에게 표창장을 수여하는 자리였습니다. 동료 교원들의 압도적인 지지에도 불구하고 교장이 아무런 성과도 내지 못한 한어 교원에게 그 상을 떡 안기지 않겠습니까. 어찌나 화가 나던지 교장과 한바탕 싸움질을 벌였지 뭡니까. 억울하고 분통해서 도저히 참을 수가 없는 겁니다."

그리고 삼사 일 지나서였다. 항간에 이런 소문이 돌았다, 교장과 중국어 교원 사이에 모종의 거래가 오갔다는.

"어쩌겠습니까. 나는 3푼의 재질을 가진 사람이고 그는 5푼의 관직을 가진 사람인 것을."

연말에 있었던 일을 계기로 황 씨는 다른 학교를 알아보는 중이었다. 하지만 이번에도 웃지 못할 일이 벌어지고 말았다.

오래 전부터 자신을 원했던 화룡 고중에 먼저 전근 소식을 알린 뒤였다. 마지막 조동 절차를 밟기 위해 교장을 찾아간 황 씨는 어안이 벙벙했다.

"글쎄 이놈의 영도가 망령이 났는지, 전근을 없었던 일로 하면 집을 한 채 주겠다지 않겠습니까. 교원을 마치 장사치기로 보는 것 같아 저도 거두절미하고 딱 잘라 말했습니다. 언젠가는 나도 두드러지는 교원이 되고 싶다고 말이죠."

나이도 어느덧 삼십대 중반을 넘어서 크게 겁날 건 없었다. 교원 경력 8년째면 웬만한 학교는 전근이 가능했기 때문이다.

초중에서
고중으로

초중이나 고중이나 수업 내용에서 큰 차이는 없었다. 눈에 띄는 점이 있다면 바로 교원들이었다.

"뭐랄까요, 화룡 고중은 그동안의 내 교학 방식을 바꾸는 커다란 계기가 되었다 할까요? 투도 중학교에서 반 주임 할 때는 학생들의 귀싸대기를 후려친 적도 있는데 화룡 고중은 그게 아니더란 말이죠. 각 교원마다 원평 수준이 워낙 높다보니 인차 매를 들지 않아도 학생들 스스로가 잘 따라가는 분위기지 뭡니까."

11명의 조선어문 교원 중에서 나이가 제일 어렸던 황 씨는 넙죽 자세부터 낮췄다. 투도 중학교에서 제아무리 작문 수업으로 이름을 날렸더라도 섣불리 나설 때가 아니었다.

"더욱 놀라웠던 건 조문조 교원들의 업무 처리 능력이었습니다. 아 글쎄 투도 중학교에서 구경조차 못 해 본 컴퓨터로 맡은 바 업무를 척척 해

내지 않겠습니까. 나와 전혀 다른 세계에서 살고 있는 것 같아 입이 저절로 다물어지더군요."

죽은 듯이 1년을 지켜본 뒤였다. 황 씨도 서서히 기지개를 켜기 시작했다. 방학 기간을 이용해 골간 교원 자격증을 취득한 터여서 지금부터는 비상이 필요한 시간이었다.

"초중보다는 고중이 한층 더 재미있긴 하더군요. 공작도 편한 편이고요. 초중에서 공작할 때 학생들이 애를 먹였다면 고중은 코 안 잡고 코 푸는 식이었죠. 적당한 느슨함과 긴장의 속도만 잘 조절하면 큰 무리는 없어 보였습니다."

3년간 담임을 맡은 62명의 학생을 무사히 졸업시킨 뒤였다. 연길시 제2고중과 용정 고중으로부터 초빙 제의를 받은 황 씨는 가슴이 뿌듯했다. 조선족 교육의 중심지 연길은 조선족 교원들에게 꿈의 무대였다.

"때마침 아들이 소학교를 필업할 때여서 욕심이 났던 것도 사실입니다. 저도 한 아이의 엄마이자 학부형이란 말이죠. 그런데 막상 뚜껑을 열고 보니 좋지 않은 냄새가 나더군요. 연길 제2고중에서 웃돈을 요구하지 않겠습니까. 수중에 당장 그만한 돈도 없을뿐더러 자존심이 무척 상하더군요."

연길을 포기한 황 씨는 용정으로 마음을 돌렸다. 그러자 이번에는 화룡고중에서 놓아주지 않았다. 한·중 수교 이후 조선족 학교의 상황은 그만큼 절박했다. 절반에 가까운 교원들이 학교를 떠나 버려 새 학기 때면 전쟁 아닌 전쟁을 치러야 했다.

"교원의 인사권을 교장이 통째로 틀어쥐고 있어 조동이 어려운 것만은 사실입니다. 저쪽에서 아무리 원해도 이쪽에서 틀어쥐면 그 조동은 벌써

물 건너간 거나 다름없단 말이죠."

일이 그렇듯 묘하게 꼬이자 화룡 고중과 용정 고중 사이에 미묘한 신경전이 벌어졌다. 저쪽에서 전화를 걸면 이쪽에선 끊어 버리기 일쑤였다. 두 교장 간에 합의가 이뤄진 건 '앞으로 1년 후'였다. 대신 조건이 뒤따랐다. 약속을 꼭 지켜야 한다는 의미에서 황 씨의 급여를 용정 고중에서 지급하는 희한한 일이 발생한 것이다.

"생각보다 전근이 어렵긴 하네요. 가르치는 곳은 화룡 고중인데 급여는 용정 고중에서 나왔지 않습니까?"

"그래서 아까 수차 설명을 했던 겁니다. 중국에서 교원은 준공무원에 속한다고. 국가에서 직접 급여를 지급했다면 불가능할 수도 있겠지만, 시 정부에서 지급하기 때문에 앞으로도 그런 일이 얼마든지 생겨날 수 있단 말이죠."

급여와 관련해 더 놀라운 사실도 있었다. 황 씨가 처음 가려고 했던 연길 제 2 고중과 용정 고중의 급여 격차가 무려 연 1만 위안이나 되었다.

"간단히 말하면 그건 시 정부 재정에 따라 교원들의 급여가 정해지기 때문입니다."

"그게 사실이라면 교원들 급여가 고무줄인 셈이네요?"

"옳습니다. 국가에서 지급되는 기본 급여는 동일하지만, 시 정부의 재정이 좋을 때는 급여가 올라가고 그렇지 못할 때는 내려가기도 합니다."

교원 급여에 대한 궁금증이 이제야 좀 시원하게 풀렸다 할까. 그렇다고

해서 모든 문제가 말끔하게 해결된 건 아니었다. 교원 급여에서마저 빈익
빈 부익부 현상을 낳는다면 조선족 학교의 미래가 갈수록 도태되지 않을
까 하는 염려 때문이었다.

"일없습니다. 돈을 바라고 시작한 교원 사업이 아니었잖습니까."

자를 때 자를 줄 알고 돌아설 때 돌아설 줄 아는 '북방 기질'이라는 게
바로 이런 것일까? 당당한 어조로 황 씨는 언제 어디서든 용정 고중 교원
임을 밝힐 수 있다며 때 아닌 용정 예찬론을 펴 들었다.

"용정은 말입니다, 사람들이 참 따뜻합니다. 머리로 계산하는 건 한 발
늦지만 가슴만은 바다처럼 넓습니다. 그리고 용정은 학생들의 태도가 영
곱습니다. 어른들로부터 착한 심성을 물려받아 초중이든 고중이든 대드
는 학생을 보지 못했단 말입니다."

불과 3년 전이었다. 상해에 사는 친동생으로부터 전화를 받은 황 씨
는 고개를 내저었다. 한 달 급여로 1만 위안을 준다고 해도 용정을 떠날
생각이 눈곱만큼도 없었다.

"한국에서 돈을 번 조선족들이 청도나 상해로 제법 떠났지 않습니
까. 그곳에 새로운 학교들도 생겨났고요. 동생이 나를 초청한 학교도 그
중 하나였는데 7000위안을 주겠다는 약조까지 받아 냈던 모양입니다. 물
론, 지금 내가 받고 있는 3000위안에 비하면 고액의 신봉인 것만은 사
실입니다. 그렇지만 난 화룡 고중에서 1년을 더 머물 때 월급을 대신 지급
했던 지금의 학교를 절대 저버릴 수 없습니다. 나를 알아주고, 나를 인정
해 준 교장의 마음이 얼마나 고맙습니까. 다시 한 번 태어난다 해도 돈으
로 감동하는 그런 교사는 되고 싶지 않습니다. 실력으로 싸워서 내 위치

가 당당해질 수 있다면, 그보다 더 큰 선물이 세상 어디에 있겠습니까."

그렇다고 황 씨가 지금의 환경에 전적으로 만족하는 건 아니다. 말끝마다 그는 벌써 9년째, 신입 교원이 단 한 명도 들어오지 않았다며 안타까운 심정을 내비쳤다.

내 꿈은
패션 디자이너

화룡시 투도진에서 장녀로 태어난 황 씨의 꿈은 패션 디자이너였다. 소학교 교원이었던 어머니는 황 씨가 교원이 되길 바랐지만 정작 본인은 가난이 싫었다.

"어째서 교원질을 하는 집이 평범한 사람들보다 더 못 사는지, 자꾸만 그 생각이 먼저 들지 뭡니까. 명절에도 새 옷 한 벌 못 입어 봤단 말입니다."

황 씨가 어머니를 다시 본 건 1985년 9월 10일이었다. 중국에 교원절이 생기자 차츰 생활이 펴지는 걸 느낄 수 있었다. 하지만 황 씨의 어머니는 애석하게도 3년을 버티지 못했다. 지병인 신장결석증으로 끝내 세상을 뜨고 말았다.

"고중 필업을 앞두고 상세가 나는 바람에 정신이 좀 없긴 했습니다. 집안의 장녀라는 자리가 그렇더라고요. 딸만 셋인 집에 어머니가 안 게시니 온통 내 차지가 되더란 말이죠."

이것도 일종의 배신감이라고 해야 하나. 믿었던 도끼에 '쿵!' 발등을 찍

히고 말았으니. 어머니를 떠나보낸 지 겨우 다섯 달 만이었다. 가족들과 상의 한마디 없이 아버지가 재혼을 해 버리자 황 씨는 청맹과니가 된 기분이었다. 어머니 무덤에 아직 풀도 안 났는데 재혼이라니……. 생각하면 할수록 아버지가 원망스러웠다. 새엄마가 데려온 형제만도 둘이나 되었던 것이다.

"막막하긴 했지만 공부를 포기하고 싶지는 않더군요. 그렇게 해서 들어간 학교가 겨울과 여름에만 다니는 5년제 통신학부였고요."

남달리 의젓했던 장녀의 앞날을 하늘나라에서 지켜보고 계셨던 걸까. 뒤늦게나마 당신이 바랐던 세상이 열리고 있었다. 화룡시 북동에 있는 조선족 중학교로부터 연락을 받은 황 씨는 심장이 두근거려 잠을 이룰 수 없었다. 막상 출근 약속을 해 놓고 나니 밤이 더 길게 느껴졌다.

"이 말부터 드려야 할 것 같네요, 구공년대 1990년대 초가 제일 어수선했다는. 학생 수가 얼마 되지 않은 농촌 학교들이 일제히 수난을 당했지 뭡니까. 몇 달째 노임을 주지 않자 교원들이 죄 학교를 떠나 버렸고, 마침 그 자리가 나한테 주어진 겁니다."

첫 출근길에 오른 황 씨의 마지노선은 1년이었다. 1년이 지나서도 월급을 주지 않으면 일본으로 건너가, 패션 디자이너 공부를 할 생각이었다. 중학교 2학년 때부터 자신의 옷을 직접 만들어 입을 정도로 황 씨의 재봉틀 솜씨를 모르는 사람이 없었다.

"교직에 남은 걸 보면 급여가 나오긴 나왔던 모양이죠?"

"급여만 나온 게 아니라 학교에서 보너스로 대학 공부까지 시켜 주지 않겠습니까. 재봉틀이 큰 역할을 해 주었지요. 농촌 학교다 보니 고중 입학 시험에서 떨어지는 학생들이 꽤 많았는데, 그 학생들을 대상으로 오후에 재봉, 기계, 컴퓨터 반을 만들어 직업 학교를 운영했던 겁니다. 나는 재봉을 담당했고요."

떠도는 바람도 길이 있듯이, 뜻을 품은 사람에게 길은 몇 배 더 기쁠 수밖에 없었다. 오전에는 교재로, 오후에는 재봉틀로 학생들을 가르치다보면 부러울 게 없었다. 마치 세상을 다 가진 기분이었다.

북동 중학교에서 두 해를 보낸 어느 날이었다. 교장이 직접 나서서 황씨의 고향인 투도 중학교로 조동을 해 주었다. 눈시울이 붉어진 황 씨는 '처음은 미약하나 나중은 창대하리'라고 했던 말을 끝까지 붙들어 볼 생각이었다.

"그렇게 해서 투도 중학교와 화룡 고중을 거쳐 지금의 학교로 오신 거군요?"

"맞습니다. 어떻게 보면 가장 누추하고 낮은 곳에서 따뜻한 용정으로 온 셈이지요."

"감회가 남다를 것 같은데, 4년제 교원 자격증도 주경야독으로 따셨잖습니까?"

"그래서인지 불의를 보면 못 참는 성격입니다. 특히 검은돈으로 좋은 자리를 차지하려는 교원을 보면 가만있지 못하고요. 문화 혁명 때 투쟁의 대상으로 지목되었던 독초가 따로 있겠습니까. 뒷배를 이용해 편안하고 좋은 길만 가려는 교원이야말로 독초 중에 독초란 말이죠."

"아직도 그런 교원들이 많습니까?"

"시진핑 주석^{정부}이 들어오기 전에는 그런 무리들이 적지 않았습니다. 그렇다고 말끔하게 청소가 된 건 아니지만……. 그리고 왜, 그런 말도 있지 않습니까. 인내력을 갖추지 못한 사람은 절대 스승 될 자격이 없다는. 교직은 자신의 직함이나 과시하는 그런 자리가 아니란 말입니다."

가만! 인내력을 갖추지 못한 사람은 스승이 될 수 없다? 황 씨의 '명언 사랑'은 수업 중에 잠시 들어간 교실에서도 확인할 수 있었다. 교단 위에 '왕관을 쓰려는 자는 그 무게를 견뎌야 한다'는 명언이 큼직하게 걸려 있었다.

"『탈무드』를 정말 좋아하시나 봅니다."

"학교마다 천편일률적으로 내걸린 파쇼적^{사회주의적} 표어들이 정말 싫더란 말입니다. 해서 1년에 두 번씩, 학기가 바뀔 때면 새 명언을 달아 주고 있습니다."

"이건 염려가 돼서 묻는 건데요, 혹 위로부터 제재를 받진 않았습니까?"

"몇 차례 지적을 받긴 했지만 굽히진 않았습니다. 비록 짧은 한 줄의 문장이라도 학생들에게 이로움을 주는 표어가 더 낫지 않겠습니까? 십인십색이라는 말도 있듯이 담임인 나로서는 우리 반 학생들이 다양한 색채를 가졌으면 하는 바람입니다."

기본상 담임은 교실의 책임자이며, 그 누구한테도 끌려가선 안 된다는, 그 기조만큼은 변함이 없었다. 마치 그걸 오래 전부터 실행해 온 사람처럼……

"지혜로운 영도일수록 교원들을 자극해선 안 된다고 봐요. 숱한 유혹에도 마지막까지 학교를 지킨 교원들의 의지를 꺾지 말아 달라는 겁니다.

왕관을 쓰려는 자는 그 무게를

『탈무드』에 나오는 명언 아래에서 공부하는 학생들

여기서 한 번 더 문제가 생긴다면 조선족 학교는 20년 갈 것 10년도 못 가

무너질 수도 있단 말이죠."

　따끔한 충고처럼 들리는 강한 메시지를 끝으로 황해란 선생과 인사를

나눌 때였다. 노란 서류 봉투를 하나 내밀었다. 3년 전 교원 잡지에 실렸던 글이라며 시간 날 때 한번 읽어 보라고 했다.

그냥
그 이름으로

"사범 안 갈래?"

"선생 노릇 못 해요, 전. 속이 타서요."

"왜 속이 타는데?"

"학생들이 속 태우면 때리지도 못하고…… 신경 나서 못 합니다."

"속 태우면 때리면 되지 뭐."

"호호……."

아이들 지망 지도를 하면서 주고받은 말이다. 야속하기만 하다. 내 속 타는 건 몰라주더니 자기 속 탈 미래는 너무나 뻔히 아는 아이들, 궁리가 너무 빤한 아이들이다.

떨리는 가슴을 가까스로 진정시키며, 여기에서 최고가 되려는 이상을 꿈꾸며 교단에 올라설 때 아버지가 말씀하셨다.

"자기가 좋아하는 일을 하는 것보다는 자기가 하는 일을 좋아하도록 노력하여라."

그래서 나는 내가 하는 일을 좋아하기 위해 몸부림쳤는지도 모른다. 그래서 아이들의 훌륭한 스승이 되기 위해 필사적인 노력을 기울였는지도 모른다. 여자 직업치고는 깨끗하고 고상하다고, 이후 자기 아이 교육에도 문제없다고, 안전한 철밥통이어서 더 좋다고…… 수많은 웃점들만 극력 내세우면서 택했던 교원 직업이었다. 아이들 보기에는 아Q루신의 「아Q정전」식 정신승리법이었을지도 모른다. 그러나 마음이 고와야 옷깃이 바로 선다고 믿어 왔던 나였기에 오로지 한마음으로 이 직업을 사랑하고 이 직업에 충성하리라 다짐했다.

언제나 여자라고, 힘 약하다고 큰소리 한번 쳐 보지 못한 나인지라 기왕 이렇게 된 바에는 아이들의 '왕 노릇'이라도 한번 폼 나게 해 보리라 결심했다. 그래서 만들어진 나만의 어록 '너희들은 또로병졸병 나는 장군', 내가 시키는 대로 해야 한다는 파쇼식 어록이었다. 그렇지만 아이들은 이 말을 참 잘 따라 주었다. 그래서 오늘까지 무난하게 내 사업이 재미있었는지도 모른다.

내가 곱게 차려입고 나가면 이쁘다고 평가해 주는 아이들이 있어서 하루가 즐거웠다. 모범반을 만들겠다고 내 두리들레에 뭉쳐 준 아이들이 있어서 내 교육은 빛났었다. 필업한 아이들이 이 나라 어딘가에서 전해 오는 소식으로 행복했었다. 이 땅 어딘가에서 내 제자로 빛날 아이들을 그려 보면서 내 하루하루는 황홀했었다.

그런데 아이들은 왜, 이 직업을 싫어할까? 노임이 변변치 않다고? 자유가 없어서? 아니면……? 어쨌든 싫은 직업, 그 무슨 이유가 없다. 내가 내 사업의 미숙함으로 아이들에게 그늘을 주지 않았을까 근심이다. 그 때문에 혹시 교원 사업에 편견을 갖고 있는 것은 아닐까? 그러나 아닐 것이다. 사람이 돈을 따를 것이 아니라 돈이 사람을 따라야 한다는 것쯤은 아이들도 잘 알고 있다. 우물 안 개구리일지라도 수없는 인재를 배양하는 신성한 사업이라는 것쯤도 잘 알고 있을 것이다.

선생님, 선생님의 꿈은 무엇입니까? 아이들이 되묻는다.

꿈, 글쎄. 이제 남은 꿈이 있다면 60돐¹ 환갑잔치에 100명의 제자에게 절 받는 것?

힘겹다면 너무나 힘든 사업이다. 자기 아이 하나만으로도 정신 못 차리는 이 세월에 50여 명의 아이들과 씨름하는 그 모습, 누가 상상해도 아름차고² 지칠 사업이다. 오늘은 이 아이가 지각, 내일은 저 아이가 결석…… 생각 같아서는 하나로 움직이는 군대 같은 반급을 만들어 보고도 싶었다. 허나 그 꿈은 여지없이 박살나고 말았다. 개구리 합창단들 때문이었다. 그래서 악도 써 보고, 욕도 해 보고, 때려도 보고, 미치기 전까지 해 볼 건 다 해 보았지만 마음처럼 되지 않았다. 그래 기점을 낮추자. 나한테 맞추라고 하기보다 내가 아이들한테 맞추자. 그건 포기가 아니라 새로운 지혜였다.

그러나 3년 공부 마치고는 욕심도 생긴다. 다 인재로 만들고 싶은 것이다. 내가 못 가 봤던 북경 대학도 보내고 싶고, 청화 대학에도 보내고 싶다. 입으로는 항상 인재가 되기 전에 인간이 되라 해 놓고선 내 욕심은 끝이 없나보다. 하지만 알고 있다. 박사한테서 사람의 향기가 나지 않는다면 그 교육은 실패했다는 것을……

북경 사범 대학에 간 제자에게서 전화가 왔다. 교원 사업이라는 공동 언어가 있어 그 재미도 좋다. 베쏜 의과 대학에 간 제자에게서 전화가 왔다. 건강을 둘러싼 대화여서 그 위안도 크다. 장춘 경찰 대학교에 간 제자한테서 메일이 왔다. 경복 입은 제자의 모습이 대견스러워 그 자랑도 크다. 시집가고 장가간 제자들도 많다. 평범하게, 향기를 잃지 않고 살아가는 모습들이 아름답다.

참으로 즐거운 사업이다. 자식 하나로 근심한 부모는 그 행복도 하나이련만 수많은 자식들로 근심한 나는 그 행복도 무궁무진하지 않은가? 그 행복의 무게를 누가 저울에 달랴!

그래, 그냥 그 이름으로 살아가자. 교원이라는 그 이름으로! 손에 쥔 것이라곤 분필밖에 없지만 내 사업은 항상 장엄한 하루가 아니었던가. 교원 사업에 대한 애정과 애착, 아마도 그것은 아이들의 미소와 함께 이미 자리를 잡은 것이리라!

연길시 조양천진 조양 소학교 | 강복순

반 주임의 위상

한 학급에 40명이면 그 눈빛은 80개. 희망은 먼 곳에 있지 않았다.

두 개의 눈으로 80개의 눈빛을 보고 있으면

세상 어떤 부자도 부럽지 않았다.

병원을 다녀온 후 슬로건도 다시 정했다.

'공부는 못해도 좋다. 인간성만 잘 키우자!'

반 주임의 위상

조양천^{朝陽川}은 연길에서 버스로 30분 거리에 있었다. 인구 5만^{조선족 3만}의 읍내부터 한 바퀴 둘러보았다. 조양천이라고 해서 천^川이 흐를 줄 알았더니 잘못 짚은 듯했다. 조양천은 양천 허씨 집성촌이었다. 그런가 하면 조양천은 일제 강점기 때 조선의용군 제 5 지대 선전대가 주둔했던 곳으로, 당시의 자료들이 조양천역 대합실에 붙박이로 전시돼 있었다.

세터의 자리

1925년 반일^{反日} 교육을 바탕으로 설립된 봉림 소학교를 시작으로 조양천에는 길성, 태동, 석산, 근로, 용포, 철도 소학교 등 인구수에 비해 적잖은 학교가 들어섰다. 하지만 현재까지 남은 학교는 400명 규모의 조양 소학교가 유일하다.

연길시 조양천진 조양 소학교 전경

"그 사이 학생 수가 많이 줄었네요."

"그걸 어찌 아셨습니까?"

"조금 전에 잠깐 훔쳐봤습니다."

교정에 조양 소학교를 소개하는 글이 제법 맛스러워 보였다.

본교는 1928년 촌민들에 의해 설립되었는데 교명은 조광 학교였다. 당시 교원은 2명, 학생은 30명이었다. 1931년에 교명을 조광 보통학교로 고쳤으며, 1948년부터 현립縣立 조양 소학교로 개칭하였는데 학생 수가 1300여 명에 달하기도 했다.

본교에서는 1991년부터 자질 교육을 실시하여 비교적 기꺼운 성과를 거두었다. 본교의 육상부는 련속 4년간 시市 단체 1등을 하고, 축구부는 1993년 전국 소년 아동 축구 경기에서 2등을 따내었다. 또 본교의 미술 신동들은 1995년 전성全省 예술 경연에서 특등상 하나와 1등상 두 개를 안아 왔으며, 1996년 천진에서 소집된 전국 소학교 발명 대회에서는 신식 자동연필을 내놓아 동질상을 수여받고 발명 특허전을 얻었다.

"격감하는 학생 수 때문에 걱정은 걱정입니다. 교원 조동도 빛이 보이지 않고요. 10년 전부터 학교에 저처럼 늙은이들만 남았단 말임다."

"선생님은 나이가 얼마나 되셨는데요?"

"작가 선생님도 참. 여성의 나이를 면바로에서 물어보시면 어떡합니까?"

"죄송합니다. 전 그냥 선생님이 늙은이라고 하셔서…… 대신에 이름은 알려 주서야 합니다."

"이걸 어쩌나! 지금 당장 고쳐 바칠 수도 없고. 기회 날 적마다 개명을 하고 싶었지만 할아버지께서 워낙 명심하고 지은 거라서……. 나이는 올해 오십하나고, 이름은 강복순입니다."

마지못한 표정으로 자신의 나이와 이름을 밝힌 뒤였다. 용정시 백금이 고향이라는 강복순 교원은 소학교보다 초중의 질이 더 높았다며 중학교 시절로 돌아갔다.

"백금 소학교를 필업한 후 초중은 용정_{백금에서 용정까지는 40km}에서 다녔는데, 교원들의 질이 영 높았단 말입니다. 말도 조리 있게 잘하고, 성품도 문명적이고. 그렇지만 집을 너무 일찍 떠나와 다소 외롭긴 했습니다. 소학교만 백금에서 다니고 나머지 학교는 외지살이를 했지 뭡니까."

"공부는 어떠셨습니까."

"성적을 묻는 겁니까? 국수 공장에서 서기질 한 아버지를 닮아 골머리은 팽팽 잘 돌아갔습니다. 학급에서 항상 상위권에 들었으니까요."

공장 서기라면 총책임자를 말한다. 그만큼 강 씨의 부친은 세상을 보는 안목이 남달랐다. 문화 혁명 시절에도 모범 가정으로 선발되어 지식 분자 소리를 들었던 것이다.

운동에 소질을 보였던 강 씨는 학교 배구 선수로 활동하기도 했다. 강씨의 포지션은 세터였다.

"키가 작다는 이유로 세터를 맡긴 했지만 그 자리를 절대 얕봐선 안 됩니다. 세터가 공을 잘 올려 줘야 키 큰 선수들이 '딱!' 꽂는단 말입니다. 어디 그뿐이겠습니까. 세터 자리는 학급에서도 기중 중시해야 할 부분입니다. 학급마다 왜 그런 아동이 하나쯤 있지 않습니까. 학급 간부도 아닌 것이 동무들을 잘 끌어모으는. 세터가 바로 그런 역할을 수행하는 자립니다. 반장은 학급을 앞서 끌지만 그 아동은 누가 알아주지 않아도 제 일을 척척 잘 해낸단 말임다."

한데, 왜였을까? 세터의 중요성을 입이 마르게 강조하던 강 씨가 이내 한숨을 내쉬었다. 그의 고중 시절은 들으면 들을수록 안타까운 마음뿐이었다.

"가장 큰 원인은 너무 어린 나이에 부모님 곁을 떠나왔다는 겁니다. 성적도 뚝뚝 떨어지고, 사춘기라고 곁에서 누가 붙들어 주는 사람도 없고……. 대학 입학 시험에서 낙방하자 반 주임마저 깔보지 않겠습니까. 너는 중자에 가 위생학이나 공부하면 딱 맞겠다면서……."

"그래서 어떻게 하셨습니까?"

"나도 포부를 가진 사람이라 울면서 소리쳤지요, 뭐. 머잖아 꼭 반 주임처럼 교원질을 하고 말 테니 지켜봐 달라고요. 시험에 한 번 떨어졌다고 자신의 포부마저 엉뚱한 구석으로 밀어 넣을 수는 없는 일 아닙니까. 안 그렇습니까?"

졸업생 107명에서 사범 대학교에 진학한 학생은 불과 여섯 명. 아직 실망할 상황은 아니었다. 한 가닥 희망은 남아 있었다.

자신이 다녔던 학교에서 교원을 할 줄이야……! 대학 입학 시험에서 고배를 맛본 직후라 강 씨는 그저 얼떨떨할 뿐이었다.

"방금 민반 교원이라고 하셨는데, 정확히 무슨 뜻입니까?"

"민반 교원은 정식 공무원이 아닙니다. 교원 노임도 그 마을의 주민들이 주고요. 내 경우는 마을의 생산대를 통해 노임을 받았습니다."

"첫 출근 날 기분은 어떠셨습니까?"

"뭐 있겠습니까, 되쎄 떨리는 것밖에. 준비는 잔뜩 해 갔지만 두 다리가 후들거려 절반도 못 했단 말임다. 그런데다 첫 교학 때 교원들이 몽땅 몰려와 입에서 말조차 제대로 안 나오지 뭡니까."

"그러니까 동료 교원들이 선생님의 첫 수업을 참관하러 오신 거군요?"

"그래도 첫날 기분은 영 좋았습니다. 교학을 다 마치고 나자 늙은이 교원들이 다가와 10년 전 제자랑 교원 사업을 같이 하게 됐다며 덥석 손도 잡아 주고, 어깨도 다독여 주고, 그분들의 독려가 진정으로 느껴지지 않겠습니까. 나한테는 그 점이 가장 큰 힘이 됐고요."

"다른 건 없으셨습니까."

"애꾸러기_{말썽꾸러기}가 몇 있긴 했지만 아이들과는 즐겁게 지내는 편이었습니다. 목에 자꾸 탈이 생겨 애를 먹긴 했지만. 처음 두 주간은 말을 하자 해도 목이 쉬어설랑 뜻대로 돼야 말이죠. 수업을 받을 때와 인차 수업을 할 때의 입장이 정말 다르더군요. 교원 사업이 만만치 않다는 걸 신체로 먼저 깨달았지 뭡니까."

대학 진학 이야기가 나온 건 그로부터 한 달여쯤 지나서였다. 교장이 추천서를 써 주겠다며 용정 사범 대학을 권했다. 물론 쉬운 일은 아니었다. 대학에 진학하려면 각종 공휴일에 방학을 내려놓아만 했다.

"고생은 좀 되더라도 꼭 도전해 보고 싶었습니다. 민반 교원 딱지를 떼지 못하면 평생 조동도 어렵거니와 떳떳하게 고개를 들 수 없단 말입다."

"민반 교원의 초봉도 궁금하군요."

"1984년도였는데, 첫 달 노임으로 50위안을 받아 술만 잔뜩 샀지 뭐예요. 우리 아버지가 술을 엄청 좋아했단 말입다. 향 , 진 간부들이 원래 그렇습니다. 평생 술로 다 망가졌지 뭡니까. 남은 돈은 할머니와 훗엄마_{새엄마}께 사탕을 사 드렸습니다. 당시만 해도 과자와 사탕이 무척 귀했더랬습니다."

이틀 연속 비가 내리는 날이었다. 집으로 불쑥 큰이모가 찾아왔다. 누구보다 그를 반긴 건 강 씨였다. 어머니를 일찍 여읜 강 씨는 큰이모를 엄마처럼 따랐다. 훗엄마한테 숨기는 일도 큰이모한테는 다 털어놓았다.

"기별도 없이 찾아온 이모가 글쎄 내 혼인 이야기를 꺼내지 않겠습니까. 이모부와 주조창 에서 공작하는 성실한 청년이 있는데, 그 청년이 배필감으로 교원 여성을 원한다면서 말이죠. 그래 나도 궁금해서 그 이유를 물었더니 기분 나쁜 말은 아니더군요. 자신은 비록 주조창에서 공작하고 있지만 아내만큼은 꼭 문화적 수평을 고루 갖춘 여성을 원했다면서……. 그 남성의 용기가 가상치 않습니까? 연애질이라는 것이 본래 자신이 간절히 원하는 사람과 한 배를 타야 나중에 후회를 덜 하는 법이란 말이죠."

여기서 잠깐 100년 전으로 돌아가면, 조양천 주조창과 철도국은 주민들의 밥줄이나 다름없었다. 연변 지역에서 규모가 가장 큰 술 공장을 가지고 있었으며, '철도 가족'이라는 신조어가 생겨날 정도로 조양천은 연변의 철도 요충지였다.

반 주임의 위상

용정 사범 대학교 졸업장을 받아든 강 씨는 두 손이 부들부들 떨렸다. 먼 길을 돌아 비로소 진짜 교원이 됐다는, 고진감래 끝에 맛보는 결실은 그 어느 때보다도 달콤했다.

조양천 광석 조선학교로 발령을 받아 교단에 다시 섰을 때 강 씨는 가슴이 벅차올랐다.

"50명이 넘는 교원 중에서 당당히 12명에 뽑혔으니 어찌 기쁘지 않겠습니까. 반 주임과 전과 교원은 급여에서도 상당한 차이가 났단 말입니다."

강 씨는 그걸 대우가 아닌 위상이라고 표현했다. 반 주임만이 느낄 수 있는…….

"광석 조선학교를 필두로 학생들을 네 차례 필업시키고 나니, 24년의 세월이 주마등처럼 지나 버렸지 뭡니까. 반 주임의 위상이 그렇습니다. 학교에서 반 주임은 독보적 존재란 말입니다. 아동들의 심리 상태는 물론이고 교학에서도 한 보 앞서가야 하고요."

갓 입학한 학생들과 여섯 해를 함께 지내다 보면 정말이지 많은 일들이 생겨났다. 특히 4학년에 오른 여학생들에게서 나타나는 신체적 변화는 담임도 신기할 정도였다. 누군가의 행동을 자신에게 적용하려는 모델링 modeling 현상이 끊임없이 나타났다. 주로 그 대상은 한국의 연예인들이었다. 그때마다 강 씨는 부모님을 대신해 상담 시간을 늘려 갔다.

"한 학급을 지속적으로 맡다 보면, 그 아동의 눈빛만 보고도 무슨 일이 벌어지고 있는지 인차 알아챌 수 있습니다. 여학생은 4학년 때, 남학생은 6학년으로 들어설 때가 가장 큰 고비라는 것도요. 이때 중요한 점은 절대 다그치거나 성적 문제로 화를 내서는 안 된다는 겁니다. 그냥 곁에서 묵묵히 지켜봐 주고, 피부에 와 닿을 만큼 관심을 가져 주고, 종종 불러다 친구처럼 놀아 주면 됩니다. 처음부터 실타래를 그런 방식으로 풀어 가지 않으면 빗나갈 확률이 매우 높아진단 말이죠. 다 자란 성인들도 자신이 정말 사랑하는 사람과 다투고 나면 한 시간이고 두 시간이고 기다리잖습니까. 애인이 나타날 때까지, 그리고 애인이 좋지 못한 감정을 다 풀 때까지. 아동을 대하는 것도 어른들의 연애질과 크게 다르지 않습니다. 한 달이고 두 달이고 인내심을 가지고 반드시 기다려 줘야 합니다. 진정한 위상은 내가 높아지는 것이 아니라, 참고 인내하는 가운데 상대방을 높여 주는 행위란 말입니다."

야속하게도 한국 바람은 더욱 세찬 속도로 불어왔다.

6년간 담임을 맡았던 첫 학급을 졸업시킬 때만 해도 강 씨는 학생들이 마냥 순수할 줄 알았다. 하지만 그건 섣부른 생각이었다. 어느 날부턴가 학생들의 말과 행동이 갈수록 눈에 거슬렀다. 가을에 피는 야생화를 5월의 끝자락에서 보는 것처럼 결코 좋은 징조는 아니었다.

"한국 바람이 세차게 불 때라서 방법을 찾을 길이 없더군요. 사상품성 윤리 시간을 대폭 늘리는 것밖에는. 품으로 안아 주되, 강력한 제재도 필요해 보였습니다. 중국의 사상품성은 자세를 멋대로 흐트러뜨려선 안 되는 사회주의 사상의 근본을 가지고 있단 말이죠. 거기서 더 깊이 들어가면 공산당과 집체가 받치고 있고요."

"일시적으로나마 충격 요법을 가한 셈이군요?"

"맞습니다. 어린 아동들이라도 올바른 자세를 갖추지 못하면 상대로부터 엄중한 비판을 받아야 한다는……."

마음이 아프긴 했지만 강 씨로서는 그렇듯 당근과 채찍을 동시에 들 수밖에 없었다. 50명이 넘는 학급을 6년 동안 이끌어 가려면 자아비판도 때로 하나의 처방이 될 수 있었다.

조양천 읍내에서 자전거로 출퇴근하는 교원만 모두 8명. 왕복 20리 길을 오가다 보면 서로 못 하는 이야기가 없었다. 심한 날은 부부의 잠자리까지 들춰졌다. 하지만 그날은 퇴근길 분위기가 잔뜩 찌푸려 보였다. 먼저 입을 연 사람은 나이가 제일 많은 임 교사였다. 한국으로 떠날 수속을 밟고 있다는 말에 강 씨는 자전거를 멈춰 세웠다.

"임 교원이 입을 떼자 장 교원마저 곧 나갈 거라고 하지 않겠습니까?"

강 씨는 학생들이 걱정되었다. 두 교원 모두 4학년 담임을 맡고 있었다.

"가장 예민한 시기에 놓인 4학년 학생들이 염려되어 두 교원에게 물었더니 한목소리 답하지 않겠습니까. 이미 마음이 떴다고 말이죠. 그 말이

어째 좀 무섭더군요. 마음이 떴다는 그 말이······."

붙잡고 싶어도 더는 붙잡을 수 없는, 두 교원의 심정을 모르지 않았다. 어느 때부턴가 학교를 그만두는 일이 일상화되었다고나 할까. 적어도 자신만큼은 학생들을 버려둔 채 떠나고 싶지 않았다.

두 개의 눈
80개의 눈빛

7년을 근무한 광석 조선학교에서 조양 소학교로 자리를 옮긴 강 씨는 늘어지게 잠부터 한숨 자고 싶었다. 사흘 전까지만 해도 출근길이 멀어 새벽 다섯 시면 눈을 떠야 했던 것이다. 그럼에도 주변 상황이 강 씨를 가만두지 않았다. 이제 조양천은 한국 이야기가 팔 할을 차지했다.

"부럽기도 하고, 인생이 허무하게 느껴지기도 하고······. 한국을 다녀온 교원들마다 사는 게 빛이 나더란 말임다."

간만에 나간 동창회 술자리는 더 비참했다. 중국의 음주 문화라는 것이 누가 먼저 술잔을 채워 주느냐에 따라 명암이 갈리기도 하는데, 박봉의 교원이 낄 자리는 없었다. 꿀 먹은 벙어리마냥 구석 자리나 지킬 뿐이었다.

"갑자기 사는 게 불안해지지 뭡니까. 모아 놓은 돈도 없이 초중에 입학한 아들 걱정을 하고 있는데 글쎄, 한국을 다녀온 동기들은 연길에 사 놓은 아파트값이 올랐느니 내렸느니 전혀 다른 세상 이야기를 하고 있더란 말임다. 더욱 화가 나는 건 텔레비전 뉴스였습니다. 한국은 나날이 경기가 좋아지고 있다는데 중국은 하구한날 잔뜩 어두운 뉴스만 내보내고 있으니……."

차분한 목소리로 결단을 내린 사람은 바로 강 씨의 남편이었다. 주조창도 사정이 어려워지면서 공장에 붙어 있는 직원보다 떠나는 직원이 더 많았다.

"남편을 한국으로 보내 놓고 불안하진 않았습니까? 좋지 못한 소식이 너무 많았잖습니까."

"4년이 지나도록 얼굴 한 번 못 봤으니 왜 불안하지 않겠습니까. 학생들 가정은 물론이고 믿었던 교원들 가정마저 직격탄을 맞고 있을 때인데. 그렇지만 난 믿고 싶었습니다. 당장 붙들 수 있는 거라곤 믿음밖에 없었고요. 또 모르죠, 아들마저 곁에 없었다면 더 힘들었을지도. 부부가 떨어져 지내니 자식이 부모를 끌어당기는 자석이 되더군요. 아들을 지켜보면서 나도 학생들을 더 열심히, 더 성심껏 돌봐야겠다는 각오를 다지게 됐습니다. 학생들 처지나 내 처지나 별반 다를 게 없더란 말이죠, 올 때까지 기다리는 것밖에는."

둘이서 살다 혼자 살면 없던 병도 생긴다는 말도 있듯이 자고 나면 몸이 심하게 부었다. 병원을 찾았더니 의사가 입원을 권했다. 정밀 검사를 해봐야 정확한 증상을 알 수 있다며. 의사의 처방대로 병가를 낸 강 씨는 병실에 누워 예상치 못한 자신을 발견했다. 병원에 입원하면 제일 먼저 남편과 아들이 생각날 줄 알았으나 그게 아니었다. 담벼락에 핀 덩굴장미처

럼 학생들의 얼굴이 맨 먼저 떠올랐다.

"그래 의사 선생이 붙잡는데도 도망치듯 퇴원을 해 버렸지 뭡니까. 물고기라는 생물체가 한시도 물을 떠나 살 수 없듯이, 우리 반 아이들의 얼굴이 아른거려 더는 병실에 못 누워 있겠더란 말입니다. 병실을 나서면서 스스로에게 속다짐도 해 두었습니다. 살아도 학교에서 살고 죽더라도 학생들 곁에서 죽자고."

한 학급에 40명이면 그 눈빛은 80개. 희망은 먼 곳에 있지 않았다. 두 개의 눈으로 80개의 눈빛을 보고 있으면 세상 어떤 부자도 부럽지 않았다.

병원을 다녀온 후 슬로건도 다시 정했다.

'공부는 못해도 좋다. 인간성만 잘 키우자!'

교직 생활 30년째, 특별히 주변의 눈치를 보거나 망설일 이유도 없었다. 강 씨는 재량껏 사상품성 시간을 늘렸다.

"교원인 나부터 남편과 10년 넘게 떨어져 지내는 처지에 무슨 할 말이 있겠습니까. 가족과 함께 지내는 일이 생각처럼 쉽지 않더란 말임다. 그럴수록 학생들이 속마음을 다칠까 봐 더 긴장하게 되고요."

반 주임을 맡으면 병원 갈 시간도 없다는 이야기를 끝으로 자리를 마무리할 때였다. 소탈한 품성의 강복순 교원이 잠깐 시간을 내달라고 했다. 3년 전부터 조양 소학교의 위상을 드높이고 있는 두 친구를 꼭 소개하고 싶다면서.

6학년 2반이라고 밝힌 김가혜와 허선미는 말을 참 잘했다. 그것도 아주 명랑하게.

"우리 학교는 수업 전에 꼭 독서를 합니다. 시간은 20분으로 정해져 있지만, 점심시간에 더 열심히 읽습니다."

"그리고 우리 학교는 작문 대회에서 상도 여러 차례 받았습니다. 주선족 자치주 대회에서는 앞자리를 차지했고요, 3000명이 참가한 글짓기 대회에서는 대상을 받기도 했습니다."

"그러니까 그 두 상을 가혜와 선미가 받았다는 말이네?"

"그걸 어찌 아셨습니까? 이름은 아직 밝히지 않았었는데……."

말끝을 흐린 선미의 갸름한 얼굴이 홍당무처럼 붉어졌다.

"말하는 건 쉬워도 글을 짓는 건 어려울 텐데?"

"그렇지도 않습니다. 머릿속에 찬 것을 작문으로 쏟아 내고 나면 속이 후련해집니다. 스트레스도 확 풀리고요."

"정말? 가혜는 좋겠네. 글도 쓰고 스트레스도 풀 수 있으니. 그럼 선미는?"

"저는 쓰는 것도 즐겁지만 독서할 때가 더 재밌습니다. 독서를 양껏 한 뒤 글을 쓰면 더 풍성해졌다는 걸 느낄 수 있고요. 2학년 때 처음으로 「우리 집 이야기」라는 글을 써서 대상을 받았는데, 그 글을 상상으로 썼단 말입니다. 한국에 계시는 아빠, 그리고 엄마랑 나랑 셋이서 같이 사는 상상을 하면서."

독서와 글짓기를 좋아하는 가혜와 선미

"그동안 읽은 동화 중에서 가장 재미났던 책은?"

"『허풍쟁이 모기』와 『이솝 우화』요. 우화를 펼치면 상상력이 풍부해지는 것 같아 정말 좋습니다."

독서와 관련해 선미의 생각을 살짝 훔쳐보긴 했었다. 「책 속에 길이 있다」라는 제목의 글이었다.

내가 여덟 살 때였다. 엄마가 나에게 『이거 알아?』라는 책을 선물로 주셨다. 무심코 펼쳐 보았는데 너무너무 재미있었다. 내가 모르는 생활 지식을 알게 되어 기분도 짱이었다. 그 책에 반한 후부터 난 글짓기 세계에도 자신감이 생겼다. 글을 쓰면 머릿속의 생각들이 자기절로 정리가 되었다.

책장에는 선미가 좋아한다는 '이소프우화'도 보인다.

"6학년이면 한국 노래도 자주 듣겠네?"

"케이팝을 들으면 머리가 맑아집니다. 경쾌하고 시원하고. 좋아하는 가수는 '걸스데이', '씨스타', '제국의 아이들'이고요."

반에서 대대위 위원장을 맡고 있는 가혜가 듬직한 맏언니를 보는 것 같았다면 선미는 하하, 호호 시종일관 명랑함을 잃지 않았다.

연길시 신흥 소학교 | 리염

외할아버지의
그림자

2012년 여름 방학에 잠깐 한국에 나가
쌍발일을 한 적 있는데 정신이 하나도 없지 뭐예요.
한국은 마음 다치고 몸 다치기 쉬운 그런 나라였습니다.

외할아버지의 그림자

오전 7시 20분. 등교가 한창인 신흥 소학교 입구는 밀려드는 차량과 인파로 북새통을 이뤘다. 아빠보다는 할아버지들이, 엄마보다는 할머니들이 더 눈에 띄었다. 손녀에게 책가방을 매 준 뒤 쓸쓸한 표정으로 손을 흔드는 한 할아버지 곁으로 다가갔다. 한숨을 내쉬던 그가 담배를 피워 물었다. "안쓰럽지, 뭐. 불쌍키도 하고. 양쪽 다 한국에 나가 있으니 어린 속이라고 오죽하겠남. 진짜 좋은 부모는 아이가 잠들 때, 그리고 아이가 잠에서 깼을 때 그걸 곁에서 지켜봐 주는 거란 말이지."

엄마는 북조선으로
러시아로

신흥 소학교에 근무하는 리엽 선생과 마주한 건 어느 일요일 밤이었다. 커피숍에서 만난 리 씨는 어머니 이야기부터 들려주었다.

"지금의 아이들과 처지가 크게 다르진 않았을 겁니다. 저 역시도 소학교 시절에 왜서 다른 동무들은 엄마랑 같이 지내는데 나만 이럴까 하고 혼잣말을 늘어놓아 댔으니까요."

리 씨의 어머니는 보따리장사꾼이었다. 북한으로 장사를 가면 한 달 남짓 걸렸고, 러시아로 떠나면 해年를 넘기기 일쑤였다.

"엄마가 북조선으로 장사를 떠날 때는 인차 마음이 놓였지만, 소련으로 들어간다고 할 때는 영 불안했습니다. 북조선은 거리도 가깝고 친근한 반면에 소련은 어째 좀 위험하게 느껴지더란 말입니다."

낯선 용어들도 어린 리 씨의 불안을 더욱 가중시켰다. 러시아로 떠날 채비를 하는 엄마의 입에서 밀리쯔경찰, 얼모즈브로커, 다와이 다와이사세요 사세요, 스빠시바감사해요, 야 기따리 가레나는 중국의 조선족이요 등 한 번도 들어보지 못한 용어들이 쏟아져 나왔던 것이다. 리 씨의 어머니는 그동안 러시아를 드나들며 익힌 생계 수단의 용어들을 재차 점검하는 중이었다.

행상을 꾸릴 때 리 씨의 어머니가 챙긴 주요 품목은 피복류였다. 가져간 물건을 다 팔면 리 씨의 어머니는 국경을 통해 들어오는 중국산 물품을 구입해 되파는 식이었는데, 해를 넘기는 것도 그 때문이었다. 그런가 하면 러시아는 그만큼 위험 부담도 컸다. 돈을 좀 벌었다 싶어서 보면 며칠 뒤 빈털터리가 되곤 했다. 브로커와 한통속인 러시아 밀리쯔들 때문이었다. 중국에서 러시아로 출국할 때 국경 세관에서 적잖은 액수의 벌금을 지불했는데도 불구하고 밀리쯔들은 사증 도장과 영업 허가증이 없다는 이유로 남은 옷가지들을 모두 빼앗아 가 버렸다.

"허가증여권이 따로 없던 시절이라 마구잡이식이었죠, 뭐. 감옥에 갇히거나 총 맞아 죽은 장사꾼들이 적지 않았으니까요. 지금의 조선족 아이들은 부모가 리혼을 할까 봐 불안해 하는데, 나는 어머니 신상에 변고라도 생기면 어쩌나 그게 더 걱정이었습니다. 아버지 없이는 살아도 어머니 없인 못 살겠더란 말입니다."

"집이 어려운 편이었습니까?"

"꼭 그렇지만도 않았던 것 같아요. 아버지도 단위에서 공작을 하셨단 말이죠. 서로 다른 점이 있다면 두 분의 성격이었는데, 아버지가 조용한 편이었다면 엄마는 상당히 도전적인 분이셨습니다."

어린 나이에도 리 씨는 장사를 마치고 돌아온 어머니의 행상 보따리가 궁금했다. 북한 장사를 마치고 돌아올 적엔 각종 해산물이, 러시아 장사를 마치고 돌아올 적엔 중국에서 보기 드문 가죽옷이 여러 벌 보였다.

"어느 한날 궁금해 물었더니 이리 말하시더군요. 해산물과 가죽옷은 다음 장사를 떠날 밑천이라고."

그렇지만 리 씨는 귀담아듣지 않았다. 러시아 이야기가 나올 때면 일부러 자리를 피해 버렸다. 아버지가 아무리 잘해 주어도 어머니의 빈자리를 채울 수 있는 사람은 어머니밖에 없었다.

나의 외할아버지

1978년 길림성 안도현 만보향에서 태어난 리 씨는 공부를 잘하는 편도 못하는 편도 아니었다. 조선어문이 떨어지면 수학이, 중국어 시험에서 낭패를 보면 일본어가 대신 채워 주었다.

눈에 거슬리는 건 한족 친구들이었다. 만보향 중심 소학교는 조선족/한족 학생 수가 반반으로, 리 씨는 한족 학생들의 청결 문제가 눈에 거슬렸다.

"땀이 잔뜩 나는 무더운 여름철에도 씻는 걸 싫어하니 누군들 좋아하겠습니까. 그중에서도 중국어 시간이 가장 힘들었어요. 중국어 시간에는 싫든 좋든 수업을 같이할 수밖에 없는데 코를 찌르는 냄새 때문에 집중을 할 수 없는 겁니다. 사람이 싫어지니까 한어마저 배우기 싫고요."

한 가지 신기한 점은 군것질이었다. 한족들이 즐겨 먹는 해바라기 씨와 탕후루(糖葫蘆: 꽃사과, 산사(山査), 해당(海棠) 등의 열매를 꼬치에 꿰어 사탕물을 묻혀 굳힌 것)만큼은 결코 미워할 수가 없었다. 특히 추운 겨울철에 먹어야 제맛이 나는 탕후루는 보고만 있어도 절로 군침이 돌았다.

"먹어 보면 정말 맛있단 말이죠. 한겨울 군것질로 탕후루만한 것도 없고요."

일반 사탕과는 또 다른, 새콤달콤하면서도 바삭바삭 씹히는 맛이 일품인 탕후루는 먹어 본 사람만이 그 맛을 알 수 있다.

어머니에 이어 외할아버지 이야기를 꺼낸 리 씨는 한동안 말을 잇지 못했다. 내내 눈물만 훔쳤다.

소학교 졸업을 앞둔 날이었다. 자신이 다닌 학교를 외할아버지가 지었다는 어머니의 말에 리 씨는 두 눈만 껌벅거릴 뿐이었다.

"그게 사실인지 아닌지, 그래서 응대를 못 했던 겁니다. 학교까지 지으신 분이 왜서 이렇게 힘들게 사는지, 저로서는 그 부분이 잘 이해가 되지 않더군요."

　조선인들이 만보향으로 모여들기 시작한 건 1944년이었다. 만보향에 조선인 학교가 들어서자 이주민들의 발길 또한 속속 이어졌다. 리 씨의 외할아버지가 사망한 것도 바로 그 시기였다. 소학교 완공을 앞두고 그의 시신은 한적한 산길에서 발견되었다.

　"어머니 말에 따르면 외할아버지께서 보통 분은 아니셨다고 하더군요. 독립군과 연계됐다는 소리도 있고요. 학교를 짓는 동안에도 출타가 잦으셨던 모양인데, 외할아버지께서 주로 다녔던 곳이 혜산과 마주한 장백이라고 들었습니다."

　리 씨의 말이 사실이라면 추정은 가능해 보였다. 1938년 안도현 일대에 일제의 특설부대가 들어설 정도로 긴장이 고조되었다. 홍범도가 이끄는 대한독립군, 김규식·이범석 등이 조직한 고려혁명군, 기독교인들이 중심이 된 대한국민회 등이 안도현에서 활동했다. 그리고 만주에서 유격대 활동이 가장 활발한 장백을 가려면 반드시 안도현을 거쳐야 했는데, 조선 독립군들은 장백 쪽 길이 막히면 두만강으로 이동해 국내 진공을 멈추지 않았다. 다시 말해 1944년 안도현에 학교를 세우려 했다면 항일 교육 외에 달리 설명할 길이 없다. 더욱이 리 씨 외할아버지의 시신이 발견된 곳이 장백에서 안도현으로 돌아오는 산길이었다지 않은가.

　"인차 학교만 완공했더라도 좋았을 텐데 그러지 못한 게 늘 아쉬운 부분으로 남긴 했습니다. 외할아버지의 몫을 누군가 중간에서 가로챘던 겁니다."

　오상근, 외할아버지의 존함을 들려준 뒤였다. 리 씨가 다시 입을 열었다.

"외할아버지를 알지 못했다면 저 또한 멍텅구리로 살았을지도 모릅니다. 외할아버지를 안 뒤로 조선족이 살고 있는 지금의 이 터전이 항일 전쟁터였다는 걸 알았으니까요. 교원이라 해도 중국 역사와 세계사만 알고 있지 정작 우리 민족의 역사에 대해선 아는 게 별로 없단 말이죠."

때로 아는 게 힘이 되듯이 리 씨가 바로 그런 경우였다. 눈물을 글썽이면서도 리 씨는 외할아버지를 통해 우리 민족의 강한 자부심을 느꼈다며 환하게 웃어 보였다.

길고 긴 4년

가족들과 저녁을 먹는 자리였다. 둘 중 하나라도 교원이 되길 바란다는 어머니의 말에 리 씨는 가슴이 철렁 내려앉았다. 얄밉게도 남동생은 입을 꾹 다문 채였다.

"외할아버지의 지난 이야기를 이미 들었겠다, 그러니 어떡합니까. 장녀인 제가 그 뒤를 따를 수밖에요."

"그 이야기는 마지못해 교직을 선택한 것처럼 들리는데……."

"사실이 그렇잖습니까. 고중 갈 나이에 사범 대학에 진학한다는 것도 그렇고, 교원이라는 직업이 또 인기가 높은 편도 아니잖습니까."

진로를 결정한 리 씨는 공부에만 매달렸다. 까딱 잘못했다간 미역국을 먹을 수도 있었다. 성적과 품행에서 담임의 추천을 받지 못한다면 불가능한 일이었다.

"사범대 입학 시험을 안도에서 쳤는데 필기보다 면접이 더 까다롭지 뭐예요. 오관은 단정한지, 팔다리와 키는 정상적인지. 교원이 되려면 신체적 겉모양도 시험 중 하나라며 심사관이 글쎄 민망할 정도로 내 신체를 자세히 뜯어보지 않겠습니까?"

그로부터 한 달 후, 합격 통지서를 받은 리 씨는 덤덤할 따름이었다. 함박웃음을 짓는 어머니를 보고 있으려니 아쉬움 따위는 내색조차 할 수 없었다.

안도현도 제법 넓다고 여겼으나 연길시는 가늠조차 어려웠다. 멋있고 신기한 것들이 연길에 다 모인 듯했다.

"멋모르고 첫 달은 고생 좀 했지 뭡니까. 엄마가 준 200위안을 일주일 만에 다 써버렸으니……. 마음에 드는 옷이며 신발을 보면 그냥 지나칠 수가 없는 겁니다. 촌뜨기 여학생이 도시의 유혹에 그만 푹 빠진 셈이죠."

학교 분위기는 대체로 느슨해 보였다. 학칙에 따라 기초적인 예절법만 잘 이행하면 나머지는 식은 죽 먹기였다.

"생각보다 실망스럽긴 했습니다. 공부도 하는 둥 마는 둥 깊이도 별로 없고, 껄렁껄렁 허송세월을 보내는 기분이었달까요. 입학한 지 반 년도 안 돼서 졸업 타령을 해 댔으니 얼마나 우스운 일입니까."

"하루 수업은 몇 교시나 했습니까?"

"시간표상으로는 7교시지만 속 빈 강정처럼 내용은 보잘것없었습니다. 기본 문법에 서법, 조선어문을 빼면 심리학과 피아노를 배우는 정도였으니까요."

시험 때마다 잔뜩 겁을 주었던 학기 말 발표회도 실망스럽기는 마찬가지였다. 대충대충 흐지부지, 사범생들이 기다리는 건 오직 시간이었다. 리 씨는 그 무료한 시간을 한국 드라마로 달랬다. 달력 숫자는 보는 것만으로도 지겹기 짝이 없지만 한국 드라마는 영 달랐다. 똑같은 60분도 화살처럼 지나갔다. S방송 드라마가 끝나면 K방송으로, M방송으로 한국이라는 나라는 그야말로 드라마 천국이었다. 아침에 눈을 떠 잠들 때까지 눈이 쓰라려 못 볼 정도였다.

"남녀 사이도 자유롭고, 서로 사귀는 것도 깊이가 있어 보이고, 연애질을 할 때도 싫으면 싫다 좋으면 좋다 표현들이 활달하고……. 이제 그만 보자 하면서도 마음처럼 돼야 말이죠. 몸은 수업을 따르고 마음은 한국 드라마에 가 있더란 말입니다."

첫 월급 230위안

"나는 교원질 하지 않겠소. 우리 한국이나 일본으로 나가기요."

"옳소! 청도나 연태, 위해만 가도 이보다 몇 배 더 좋은 대우를 받는다고 들었소."

졸업식을 즈음해 들려오는 소리였다. 하긴, 올해1998년는 거저 팔려 가는 꼴이었다. 지난해만 보더라도 졸업생 중 절반이 연길시로 발령이 떨어졌었다.

"저 또한 동기들과 같은 심정이었습니다. 280명 중 다섯 명만 연길에 배치되고 나머지는 다른 시나 현으로 쫓겨 가는 신세였으니 무슨 낙이 있겠습니까."

리 씨와 함께 조선어문을 이수한 반은 사태가 더 심각했다. 졸업생 40명 가운데 발령지로 떠난 사람은 11명에 불과했다. 졸업과 동시에 그들은 벌써 또 다른 길을 찾아 떠난 뒤였다.

리 씨도 일단 안도로 향했다. 이건 졸업이 아니라 태풍이 휩쓸고 간 폐허의 들판을 보는 듯했다. 며칠 전 가진 면담에서 교수님도 말하지 않았던가. 부모님의 승낙만 받아 내면 일본 유학 추천서는 꼭 써 주겠노라고.

"일은 잘 풀렸습니까?"

"아휴, 말도 마십시오. 한번 박힌 쇠못처럼 엄마가 꼼짝을 않으시니 무슨 말인들 먹히겠습니까. 그럴 용기 있거든 당장 농촌 학교로 들어가 학생들부터 가르치라며 호통을 치시니……."

어머니 특유의 단호한 성격을 잘 알고 있는 리 씨는 사흘 뒤 북산 소학교로 떠났다. 눈 딱 감고 1년만 지내볼 생각이었다.

2학년 1반 교실로 들어선 리 씨는 학생들의 눈망울을 보는 순간 그만 매료되고 말았다. 똘망똘망한 마흔두 개의 눈빛이 커다란 소의 눈을 보는 것 같았다.

"아이들의 눈은 정말 어마어마한 힘을 가졌더군요. 첫날부터 나를 꼼짝 못 하게 말이죠. 사범 대학 면접 시험 때 들려준 심사관의 말이 번개처럼 떠오르지 않겠습니까. 인간의 오관 중에서 가장 끌리는 곳도 눈이요, 가장 정직한 것도 눈이라고 하셨거든요."

첫 수업을 마친 리 씨는 잠깐 이런 생각도 해 보았다. 담임이 학급을 이끌어 가는 것 같지만 실상은 그렇지 않다는. 학생들이 쏘아 주는 에너지로 교사는 별이 되고 등불이 되었다.

목하 학생들이 잘 따라 주니 수업 시간도 즐거웠다. 구연동화, 문장 쓰기 대회, 소선대 활동 등 모난 구석을 찾아볼 수 없었다. 학생들 스스로가 한 박자 더디 가더라도 함께 가야 한다는 것을 이미 알고 있는 듯했다.

정작 일이 터진 건 교원들 급여였다. 월급이 두 달째 밀리자 리 씨도 걱정부터 앞섰다.

"첫 발령지에서 그런 일이 생기니까 의욕마저 떨어지더군요. 국가의 경제 사정을 떠나, 가정을 가진 교원들은 하루가 급했단 말이죠. 한 달 벌어 한 달을 살아가는 입장이니 누구의 말을 신뢰할 수 있겠습니까."

"어머니께서는 별 말씀 없으셨습니까?"

"왜 하고픈 말이 없었겠습니까. 주변에 벌써 농촌 교원은 희망이 없다는 말까지 돌고 있었는데. 그렇지만 지금은 행동할 때가 아니라며 좀 더 지켜보자고 하시더군요."

그러나 리 씨의 생각은 좀 달랐다. 사범 대학 졸업 후 제대로 된 게 아무것도 없었다. 남들 떠날 때 떠나지 못한 게 후회스러울 뿐 아니라, 교직에 내 일생을 걸어도 좋을지, 이 또한 확신이 서질 않았다. 나날이 쌓여 가는 건 불안과 초조함뿐이었다.

발령 3개월 만에 첫 급여를 받은 리 씨는 쓴웃음밖에 나오지 않았다. 석

달치 급여를 기대했으나 손에 들어온 건 230위안이 전부였다. 그 돈으로 밀린 방세를 지불하고 나자 허탈감만 커졌다.

향*을 떠나야 한다

도시를 먼저 움직였던 한국 바람이 농촌으로 번지자 만보향도 한국으로 떠나는 주민들 수가 급속히 불어났다. 위성 텔레비전을 통해 지켜본 한국은 더 이상 놓칠 수 없는 기회의 땅이었다.

들려오는 소식도 사람들의 마음을 한껏 부풀려 놓았다. 누구는 한국을 다녀온 뒤 아파트를 샀다 했고, 또 누구는 아파트에 식당까지 차렸다며 제법 사장 행세를 하고 다녔다. 아니 할 말로 한국만 한번 다녀오면 삐까뻔쩍 살림살이가 몰라보게 달라졌다.

"만보향이 발칵 뒤집힌 건 2000년도였습니다. 마을도 학교도 텅 빈 게 다들 피난 떠난 것 같았다 할까요? 내 눈에는 그렇게 보였습니다."

허나 진짜 전쟁은 이제부터였다. 아파트를 사고 식당을 차렸다는 소식이 잠잠해져 갈 즈음, 여기저기서 이혼 소식이 들려왔다. 또한 그것은 한국이 기회의 땅에서 원망의 땅으로 추락하는 순간이기도 했다. 호주머니에 단돈 5만 원만 있으면 남녀가 노래방에서 회포를 푼다는 입소문이 끊이지 않았다.

"좋지 못한 바람이긴 했습니다. 조선족 사회에서 리혼은 천벌을 받을 만큼 부끄러운 짓이었으니까요. 그 당시 주* 정부에서 발표한 통계를 보더라도 조선족 리혼율이 2퍼센트에도 못 미쳤단 말입니다."

한국 문이 열리면서 학교도 눈코 뜰 새 없었다. 정해진 수업하랴, 상담하랴, 부모 노릇하랴. 몸이 열 개라도 모자랄 판이었다. 전쟁은 한국에서 터졌는데 수습은 조선족 학교에서 도맡는 형국이었다.

"결손 가정이 더 많아지면서 교직에 대한 한계마저 들더군요. 매일 반복되는 담화를 마치고 나면 옛 생각만 나고요. 저 역시도 엄마와 오랜 시간 떨어져 살면서 얻은 상처들이 다 아문 게 아니었단 말이죠. 그런 아이들의 마음을 치료조차 해 주지 못하는 자신이 얼마나 싫던지요. 어떤 날은 제 풀에 화가 나서 엉엉 운 적도 있습니다. 어른들도 아프다는 마음의 상처가 아이들한테는 어땠겠습니까. 그걸 생각하면 어른들이 미울 때도 많았습니다."

한편 교원들 중에는 대놓고 말하는 사람도 있었다. 부모가 버린 아이를 왜 학교가 책임져야 하느냐고. 그런 아이들은 국가나 주 정부에서 따로 관리하는 게 맞지 않느냐고. 물론 교원들의 심정을 모르지 않았다. 하지만 리 씨는 설령 그렇더라도 동료 교원들의 언행에 동참하고 싶은 마음은 없었다. 가장 쉬운 예로 어른들이 가해자라면 아이들은 누군가에게 꼭 보호를 받아야 할 피해자였던 것이다.

"그때는 돈을 모으자 해도 모을 수가 없었습니다. 부모와 연락이 끊긴 반 아이들의 옷과 학용품, 한 달에 한 번씩 고기를 사 주고 나면 교원 월급으로는 감당키 어렵단 말이죠. 교원질 5년에 예금 통장 잔고가 100위안 남았다면 믿으시겠습니까? 엄마의 잔소리는 또 얼마나 심했는데요. 혼기 다 찬 여자가 적금 하나 제대로 들어 놓은 게 없다며 역정을 내지 않겠습니까."

리 씨라고 왜, 서운하지 않았으랴. 어머니의 입에서 가시 돋친 이야기가 나올 때면 리 씨는 자신도 모르게 역발심리가 생겼다.

"교직을 요구한 건 엄마였지 내가 아니었잖습니까."

아무렇지 않은 듯 숨을 쉬며 살다가도 이따금씩 터져 나오는 감정선. 그리고 그 안에 고여 있는 눈물. 리 씨는 그 눈물의 정체를 잘 알고 있다. 다만 지난날의 상처를 밖으로 드러내지 않으려 했을 뿐.

어머니와 돈 문제로 몇 차례 다툰 뒤였다. 교장을 찾아간 리 씨는 전근 의사를 내비쳤다. 남자 친구로부터 하루속히 농촌 학교에서 빠져나오라는 소리를 들어 차일피일 미루고 있던 참이었다. 교장의 대답은 생각보다 간단명료했다. 리 선생 자리에 새로운 교원만 앉혀 놓으면 언제든 보내 주겠다고 했다.

"순진했던가 바보였던가, 아마 둘 중 하나였을 겁니다. 빠르면 반 년, 늦어도 1년 안에는 내 자리를 대신할 교원이 인차 들어올 거라고 믿었으니까요."

"한데 그게 잘 안 됐던 모양이군요."

"세상 물정 모르는 소녀처럼 아까운 시간만 허비한 셈이었죠. 그게 기다려서 될 일이 아니더란 말이죠."

진퇴양난에 함흥차사가 따로 없었다. 거기에다 부득불 교장과 이미 약속을 해 버려 물릴 수도 없었다.

전근 이야기를 꺼낸 지 3년 되던 해였다. 기다리다 지친 사람은 연변 병원에서 인턴 중인 남자 친구였다. 더 늦기 전에 결혼식부터 올리자는 남자 친구의 청혼에 리 씨도 못 이기는 척 따라 주었다. 그동안 기다려 준 것만도 고마울 따름이었다.

"일이 풀리려니까 한 번에 해결되지 않겠습니까. 결혼식에 혼인 신고까지 마치고 나자 교장도 한 발 물러서더군요. 그동안 고생 많았다며 교장이 직접 신흥 소학교로 조동도 시켜 주고요."

10년 전 연길, 10년 후 연길

사범 대학 졸업 후 다시 찾은 연길은 그 사이 몰라보게 변해 있었다. 조선족 자치주 청사가 새 건물로 자리를 옮겼고, 도심은 차량들로 넘쳐 났다. 리 씨는 새삼 돈의 위력이 참 무섭다는 생각이 들었다. 외국에서 벌어온 돈으로 회색빛 연길을 멋지고 환한 도시로 바꿔 놓은 것이다.

신흥 소학교는 커다란 대궐을 연상시켰다. 상투를 틀어 올린 듯 4층 건물 정수리에 기와를 올려 민족 문화의 기상이 더욱 웅장해 보였다.

"다 좋은데 신흥 소학교는 인간미가 빵점이더군요. 겨우내 비워 둔 집을 찾아간 기분이었다 할까요? 권하는 사람이 있어야 의자에 앉는 법인데 그런 분위기가 전혀 아니었습니다. 농촌 학교는 조동 온 교원을 맞을 때도 교원 전체가 하나로 뭉쳐 환영회를 해 주었단 말이죠."

더욱이 깜짝 놀란 건 농촌 학교와 도시 학교 교원의 급여 격차였다.

커다란 대궐을 연상시키는 자태를 뽐내는 신흥 소학교

"10년 공작한 만보향에서 2300위안을 받다 연길로 왔더니 2900위안을 주지 않겠습니까. 내 그때 처음 알았습니다. 교원들 월급이 학교마다 다르다는 걸."

학생들의 주변 환경 또한 만보향과는 천지 차이였다. 결손 가정도 10명 중 4명으로, 그 정도면 양호한 편에 속했다.

"사람의 마음이 그렇더라고요. 눈으로 직접 보고 나니까 기분이 썩 좋지만은 않더군요. 학업 성취도에서 주변 환경에 이르기까지 도시의 학생들만 너무 많은 혜택을 누리는 것 같아 속상하지 뭡니까."

돌이켜 보면 그것은 자신이 처한 입장과도 크게 다르지 않았다. 조선어

연길시 신흥 소학교 전경

문 수업 때면 리 씨는 담임이 교실에 그대로 남아 있어 껄끄러울 때가 더 많았다.

"선생님이 수업을 진행할 때 담임은 그럼 무얼 합니까?"

"저처럼 교학 때만 들어가는 전과 교원과 달리 반 주임은 교학에 학생들 지도까지 업무가 대단히 많은 편인데, 학교마다 반 주임들이 교실을 틀어쥐고 있다고 보면 됩니다. 학교의 영도들도 반 주임 재량에 대해서만큼은 크게 간섭을 않는 편이고요."

반 주임과 관련해 하고픈 말이 더 남았던지 리 씨가 재차 입을 열었다.

"집을 지키는 사람과 가끔씩 왕래하는 사람은 질적으로 다를 수밖에 없잖아요. 이 둘은 또 주인과 손님의 관계일 수도 있고요. 자신의 주장을 펼때도 반 주임이 항상 윗자리를 차지한단 말이죠."

리 씨가 길게 한숨을 내쉬었다. 잠시 후 그는, 그동안 쌓은 반 주임 경력 10년이 하루아침에 물거품이 되고 말았다며 진한 아쉬움을 토로했다.

"솔직히 서운하긴 했습니다. 2~3년쯤 지나면 나한테도 기회가 주어질 줄 알았는데 벌써 6년째 손님처럼 지내고 있지 뭡니까."

10시 10분 전, 어느덧 밤도 깊어 가고 있었다. 손님들로 가득 찼던 커피숍도 빈자리가 더 많았다. 연변 병원 건너편에 있는 신흥 소학교 학생들의 등·하교 시간을 지켜봤다고 하자 리 씨가 색다른 소식을 들려주었다.

"조선족 학생들이 부모님을 따라 한국으로 나간다는 소리를 들어보셨나요?"

"글쎄요. 얼핏 들어는 봤지만 소수에 불과하지 않나요?"

"꼭 그렇지만도 않습니다. 해마다 증가 추세를 보이고 있으니까요. 저도 궁금해서 그 유형을 살펴봤더니 세 가지로 요약되더군요. 한국과 비교했을 때 조선족 교육의 질이 형편없이 떨어진다는 것과 아이들을 더 이상 맡겨 둘 곳이 없다는 것, 마지막은 한국 여권을 취득했다는 겁니다. 물론 제 입장에서 보면 불안한 것도 사실입니다. 과연 이곳의 아이들이 한국으로 건너가 부모님이 원하는 만큼의 성적을 낼 수 있을까요? 적응을 잘 해 낼 수 있을지도 염려가 되고요. 2012년 여름 방학에 잠깐 한국에 나가 쌍발을 한 적 있는데 정신이 하나도 없지 뭐예요. 한국은 마음 다치고 몸

다치기 쉬운 그런 나라였습니다."

"어떤 면에서 그렇던가요?"

"사장과 복무원의 관계를 떠나, 기본상 갖춰야 할 인간의 존엄과 인격이 보이지 않더군요. 대놓고 무시는 잘하면서 정작 상대방의 인격을 존중함에 있어서는 영 인색하지 뭡니까."

"또 다른 건 없었나요? 김밥집에서 일했다면 학생들도 많이 접했을 것 같은데⋯⋯."

"여기 아이들보다 표정이 되쎄 밝아 보이긴 했습니다. 말씨도 곱고 미소들도 예쁘고. 그런데 학생들마다 교원을 왜 그렇게 미워하죠? 교원 이야기만 나오면 인상을 찌푸리면서 욕을 막 해 대더란 말입니다."

"여기는 어떻습니까?"

"교원한테 쌍욕을 했다간 학교에서 추방당할 수도 있습니다. 그동안 중국이 여러모로 변화하긴 했어도 교원과 학생의 관계만큼은 엄중한 편이란 말이죠."

사실은 2012년 여름 한국에 갔을 때 리 씨는 학교를 그만둘까 했다. 하루 12시간의 노동이 고되긴 하지만 막상 급여를 받고 보니 마음이 흔들렸다.

"외할아버지만 아니었다면 한국에 그냥 눌러앉았을지도 모릅니다. 3개월 급여를 한 달 만에 벌 수 있어 욕심이 생기더란 말입니다. 연길로 다시 돌아간들 반 주임 자리가 난다는 보장도 없고요."

커피숍에서 나오자 거리는 벌써 인적이 뜸했다. 결혼한 지 여섯 해만에 첫 아이를 낳았다는 리염 선생은 두터운 털실 목도리로 자신의 목과 얼굴

을 친친 동여맸다. 조석으로 기승을 부리는 삭풍 탓이었다. 바람이 어찌
나 세차게 불어 대는지 작별의 악수도 서로 장갑을 낀 채 나눠야 했다.

용정시 용정 중학교 | 김군욱

방학때 또 가야죠

한국을 방문하기 전만 해도 한강의 기적, 아시아의 용,
서비스 산업의 발전 등
머릿속에 웃점 좋은점만 잔뜩 들어 있었으니까요.
그런데 막상 겪어 보니 한국은 직위에 대한 편차가
군대만큼이나 심하더군요.

방학 때 또 가야죠

겨울 방학을 맞아 한국에서 소중한 체험을 하게 되었다. 출국 전 한국에서 건축 현장 일을
하는 친구에게 부탁하여 얻은 일인데, 친구가 "교원인 네가 어떻게 한국에서 힘든 노가다
일을 하냐"고 근심조로 여러 번 말했어도 "너희들도 하는 일인데 나라고 왜 못 하겠는가?"
하고 뱃심을 부리면서 무작정 할 수 있다고 생떼에 장담까지 하였었다. 그러나 친구가
소개한 노가다 일을 난생처음 해 보는 나는 근심이 태산 같았다. 출근 첫날인 1월 12일
새벽, 다섯 시 반에 기상한 우리는 소형 버스에 앉아 경기도 고양시에 있는 건축 현장으로
달렸다.

한국 체험 공부

위 내용은 'MOYIZA 연변' 사이트에서 발견한 글로, 그 주인공을 찾아
무작정 용정으로 향했다.

"한국에서 손님이 찾아왔다기에 깜짝 놀랐습니다."

"한국에 다녀간 이야기를 실감나게 잘 쓰셨더군요. 해서 이렇게 선생님

의 이름과 학교만 들고 찾아왔습니다."

"부족한 글을 그렇게 봐주셨다니 고맙습니다."

"막일은 처음이었다고 하셨는데, 어떻게 할만 했습니까?"

"가벼운 건 십여 근, 무거운 건 몇 십 킬로에 달하는 자재들을 아래층에서 위층으로 옮기고 나면 1월인데도 온몸이 땀벌창으로 변하더군요. 입에서는 겨불내가 풀풀 나고요. 교원 사업만 하느라 험악한 육체 노동을 한 번도 해 보지 못했단 말이죠."

"한국에서 얼마간 머무신 겁니까?"

"머문 시간은 한 달여 되지만 노가다 일은 두 주했습니다. 현장에 도착해 배치가 끝나면 베테랑들은 알아서 척척 해내는데 생뜨기인 나는 일의 두서가 잡히지 않아 애 좀 먹었죠. 건축 현장 일이 일축을 최대한 빨리 내야 현장 소장으로부터 신용을 얻어 더 많은 일감을 따낼 수 있지 않습니까. 그게 늘 눈엣가시처럼 신경이 쓰이더군요. 괜히 내 불찰로 팀 전체에 피해를 끼칠까 봐서요."

도급제로 진행되는 일명 노가다 현장은 시간 단축과의 싸움이다. 하여 해 짧은 동절기에는 입에서 단내가 나도록 움직여야 한다. 그날에 주어진 작업량을 다 마쳐야 '시마이' 소리와 함께 서로 웃을 수 있기 때문이다.

"사지가 욱신욱신 쑤셔나도 일단 현장에 도착하면 다들 열심히 하더군요. 그렇지 않고 노라리를 부렸다간 경쟁이 치열한 한국 사회에서 잘리기 십상이겠더란 말이죠."

"첫 방문에서 치열한 경쟁 세계를 배운 셈이네요?"

"그런 셈이죠. 한국을 방문하기 전만 해도 한강의 기적, 아시아의 용, 서비스 산업의 발전 등 머릿속에 웃점만 잔뜩 들어 있었으니까요. 그런데 막상 겪어 보니 한국은 직위에 대한 편차가 군대만큼이나 심하더군요."

현장 일을 마치고 숙소로 돌아오면 김군욱 교원은 이불을 펴기 바빴다. 내일 새벽에 또 일을 나가려면 잠만 한 보약도 없었다. 설령 호주머니에 여윳돈이 있더라도 함부로 쓸 수 없었다.

"한국 드라마에서도 심심찮게 말하더군요. '피 같은 돈'이라고. 그 깊은 뜻을 한국에서 깨닫게 됐으니 짧은 기간 동안 체험 공부를 옹차게 한 셈 아닙니까? 더 이상 갈 곳 없는 노가다 현장에까지 치열한 경쟁에 놓여 있다는 걸 알고부터 하루하루의 일당이 피 같지 뭡니까."

"혹시 현장에서 다툰 적은 없습니까?"

"한 차례 있긴 있었습니다. 현장 소장이라는 작자가 글쎄 말끝마다 욕설을 해 대지 않겠습니까. 두세 번 참다 맞섰더니 전라도 전주에서 올라온 이 씨가 말리더군요. 소장한테 대들었다간 잘릴 수도 있다면서. 아닌 게 아니라 한국 사회는 노무자들 자르는 게 아주 일상화되어 있더군요. 학생들에게 사상정치를 가르치고 있는 저로서는 실로 납득하기 어려운 부분이기도 했습니다. 그런 자들이야말로 척결 대상 제 1 번이란 말이죠."

"방학 때 또 나가실 겁니까?"

"여기 있어 봤자 크게 할 일도 없고, 기껏해야 술밖에 더 먹겠습니까. 인차 경험했으니 다음 방학 때는 일하는 시간만 한 달을 채워 볼 생각입니다.”

2년 전, 가을이었다.

〈연변일보〉에 한 퇴직 교원의 글이 실렸다. 장문의 글에서 그는 호소에 찬 목소리로 두 가지를 지적했다. 조선족 학교들이 우리말과 우리글은 등한시한 채 중국어에 더 열을 올리고 있다는 점, 연변 지역의 경제 사정으로 말미암아 교원들의 낮은 수입과 어려운 생활 조건이 교직 이탈 및 불안정의 요인이 되고 있다는 점이었다. 그러면서 그는 글 마지막 부분에서 조선족 교원들이 방학을 이용해 잠깐이나마 불안정한 생활을 타개코자 한국 방문을 선택하고 있다며, 여기에 대한 깊은 우려를 나타냈다. 한국을 수시로 드나들다 보면 아무리 신념이 강한 교원이라도 자본의 물에 휩쓸릴 위험이 크다는 게 한 퇴직 교원의 진단이었다.

사이 섬에 꼬리 섬이 사라진 이후

“통상 한 세대를 30년으로 보고 있으니, 100년 세월도 참 짧다는 생각이 드는군요. 조부님께서는 터전을, 부친께서는 가족의 삶을 영위하다, 그리고 그 세 번째인 제가 두 분의 대를 잇고 있지 않습니까. 조부님이 떠나온 곳은 경상북도 경주, 부친의 고향은 길림성 도문시 장안진 위자구, 저는 용정시 선구촌에서 태어났습니다.”

들고 보니 김 씨의 가족사는 차라리 허망타는 생각마저 들었다. 김 씨의 조부와 부친이 서로 얼굴을 맞대고 산 시간이 겨우 두 해에 불과했던 것이다.

"러시아 장삿길이 생각만큼 호락호락하진 않았던 모양입니다. 한번 들어가면 살았는지 죽었는지조차 알 길이 없었다니까요. 당시 조부께서는 두만강 변에서 재배한 약담배[대미초]를 꾸려 러시아로 건너갔는데, 제 부친을 낳은 뒤 10년 만에 돌아오셔서 그만 상세가 났던 겁니다."

조선족 중에는 일제 때보다 모택동 시절이 더 힘들었다며 장탄식을 내뱉는 경우가 더러 있다. 김 씨의 부친도 그들과 크게 달라 보이지 않았다. 기술 학교를 필업한 김 씨 부친이 지질 탐사대에서 일할 때였다. 중국의 대약진운동[1958년~1960년]은 그 기간에만 3000만 명의 아사자가 발생할 정도로 전대미문의 기근에 시달려야 했다. 마음이 급해진 쪽은 조선족이었다. 중국 땅에서 굶어 죽느니 가까운 북한으로 잠시 몸을 피하는 것도 좋을 듯싶었다.

그러나 문제는 3년간 지속된 재해를 피해 중국으로 다시 돌아온 뒤였다.

"북조선을 다녀왔다는 이유만으로 특무로 몰려 직장을 잃고, 북조선으로 다시 들어가려니 그 길마저 꽉 막혀 버리고……. 결국엔 위자구에서 선구촌으로 쫓겨 갔지 뭡니까."

선구촌 앞을 흐르는 두만강에는 두 개의 섬이 놓여 있었다. 간도라는 '사이 섬'과 미도라는 '꼬리 섬'이었다. 을사늑약 이후 한통속이 돼

버린 일제와 지주들의 수탈로 두만강을 건너온 조선인들이 사이 섬 부근에 첫 땅을 개간하면서 점차 만주의 지형을 넓혀 갔는데, '간도'라는 지명이 등장한 것도 그 무렵의 일이다. 그렇지만 꼬리 섬의 경우 그 수명이 오래가진 못하였다. 두만강 변에 둑을 쌓으면서 수면이 높아지자 꼬리 섬은 그만 물에 잠기고만 것이다.

"북조선을 잇는 마지막 연계선이 끊겨 버렸다고나 할까요. 많이 아쉽긴 했습니다. 두만강 한가운데 형과 아우처럼 생겨난 섬 중 간도는 중국 영토, 미도는 북조선 영토로 되어 있어 이곳 사람들과의 왕래가 제법 번창했었단 말이죠. 아직 어렸던 우리는 종성에서 온 친구들과 두만강에서 멱을 감으며 즐거운 시간을 보냈고요. 멱을 감다 허기지면 미도로 들어가 참외와 토마토를 따먹곤 했었지요."

"미도가 언제쯤 사라진 겁니까?"

"그게, 1976년 여름이었습니다. 계속되는 장마로 두만강에 큰물이 졌는데, 그때 미도가 자취를 감춘 겁니다. 신분증 없이도 북조선 땅을 손쉽게 오갈 수 있는 마지막 기회가 사라진 셈이죠."

민족 싸움

3형제 막내로 태어난 김 씨에게 학교는 다녀도 그만 안 다녀도 그만이었다. 친구들이 다니니까 하는 수 없이 묻어가는 정도였다. 그러나 초겨울로 접어들면 학교가 무슨 땔감 공장처럼 보였다.

"석탄이 귀한 때라 11월 초순이면 학교마다 미리 화목 을 마련키 위해 비상이 걸리는데, 역시 교원들이 한 발 앞서긴 하더군요. 글쎄 화목량을 학생 개개인으로 정하지 않겠습니까? 뒤통수를 제대로 한 방 얻어맞은 셈이었죠."

"학급 전체로 땔감 양을 정했다면 어찌할 생각이었습니까?"

"그거야, 내가 가장 믿는 주먹으로 해결할 참이었습니다. 적어도 싸움에서만큼은 밀려 본 적이 없었으니까요."

이왕 이렇게 된 거 김 씨는 훌훌 털어 버렸다. 좋지 않은 걸 머릿속에 3분 이상 담아 두면 쥐가 나곤 했다. 하루는 교실에서, 하루는 땔감을 핑계로 산에서 지내는 것만으로도 감지덕지가 아닐 수 없었다. 사실 김 씨에게 교실은 우리에 갇힌 한 마리 소처럼 울 수도 웃을 수도 없는, 하루빨리 이곳을 벗어나야 한다는 생각뿐이었다.

펄프 공장에 입사한 아버지를 따라 개산툰으로 이사한 건 5학년 겨울이었다. 이렇게 많은 한족을 한 자리에서 보는 것도 태어나 처음이었다. 아버지 말에 따르면 개산툰 펄프 공장에서 일하는 1만여 직공 중 한족이 그 절반을 차지한다고 했다.

학교도 마을과 비슷한 양상을 보였다. 운동장을 경계로 조선족 반과 한족 반이 동서로 나뉘어, 활력이 넘쳐야 할 운동장에 묘한 긴장감이 흘렀다.

"조선족만 다니는 선구촌 소학교와는 느낌부터가 달랐습니다. 마치 적과 동지의 관계처럼 학교 분위기가 영 심상치 않더란 말이죠. 내부 구조까지 파악하려면 얼추 시간도 더 필요해 보였고요."

발등에 떨어진 불은 따로 있었다. 이모부가 개산툰 소학교 교직원이라는 걸 듣고도 깜빡 잊고 있었던 것이다. 아니나 다를까 이모부의 깐깐한 성미는 조금도 변한 게 없었다. 5학년을 다니다 온 김 씨를 한 학년 낮춰, 4학년 교실로 밀어 넣어 버렸다. 간단한 테스트를 거친 결과 김 씨의 기초가 너무 약하다는 게 그 이유였다.

김 씨의 수난은 계속되었다.

"지금부터라도 공부를 열심히 해서 사 자를 달래, 아니면 군대로 쫓겨 갈래?"

이렇듯 매번 똑같은 레퍼토리에도 김 씨는 천당과 지옥을 하루 걸러 오가는 기분이었다. 어느 날은 지상에서 가장 자애로운 목소리로 들렸다가, 또 어떤 날은 멱살을 움켜쥐듯 숨통을 꽉 조여 왔다. 한 가지 신기한 점도 있었다. '사' 자에 노이로제가 걸린 이모부도 학교에서 패싸움이 벌어지면 김 씨를 적극 옹호해 주었다는 것이다.

"한족 학생과 조선족 학생들 간에 벌어지는 힘겨루기가 어찌나 센지, '우~' 하는 함성과 함께 민족 싸움으로 번지지 않겠습니까. 그것도 수업 도중에 말이죠. 문제는 싸움을 말려야 할 교원들이 양 진영에서 학생들의 뒤를 받치고 있었다는 겁니다. 본인들이 직접 나설 수 없으니까 학생들을 내세워 뒷북 응원을 했던 거죠."

그간의 사정이야 어찌됐든 김 씨도 더 이상 망설일 이유가 없었다. 한족한테 한 발짝도 밀려선 안 된다며 이모부가 뒷수습까지 장담을 했던 것이다. 그만큼 중국의 문화 혁명은 조선족들에게 씻을 수 없는 상처를 남졌다.

"한족들로 구성된 홍위병이 그 대표적 사례라고 할 수 있습니다. 홍위병한테 당하지 않은 조선족이 거의 없었으니까요. 그걸 누구보다 잘 알고 있는 교원들이 뒷배를 봐 줬으니 학생들로서는 더욱 신이 날 수밖에요. 투석전을 벌일 때도 조선족이 당한만큼 꼭 되갚아 주고 싶더란 말이죠."

거두절미하고, 화해 같은 건 없었다. 그리고 민족 간의 싸움은 한두 번으로 끝날 것도 아니었다. 김 씨의 패싸움은 고등학교를 졸업할 때까지 계속되었다.

"어느 사회나 그 사회를 지탱하는 뿌리라는 것이 있잖습니까. 그걸 지켜 내기 위해서는 각자 세력을 키워야 하고. 비록 학생들 간에 벌어진 싸움이긴 했지만 명분은 분명했던 거죠. 조선족 자치주에서 한족들이 큰소리를 치면 나부터라도 화가 치민단 말이죠. 선대들이 지켜 온 땅을 바보처럼 내줄 수는 없는 일 아닙니까."

하지만 성적은 엉망이었다. 대학 입학 지원서를 쓰려니 마땅한 학과가 없었다. 비인기 학과인 정치사상마저 수포로 돌아간다면 이모부의 말대로 군대나 갈 생각이었다.

또 다른 어머니

연변 사범 대학교 정치학과에 입학한 김 씨는 어느 때보다도 바삐 움직

정동 중학교 전경

였다. 부친의 실직으로 어머니가 가정을 돌보고 있어 방학 기간에도 학교
에 남아 학생들 과외를 했다.

일명 '밥표'도 큰 힘이 되었다. 학교에서 무상으로 지급하는 식권을 받
는 날이면 김 씨는 뜻하지 않은 선물을 받았을 때처럼 마음이 든든했다.
한 달을 버틸 밥이 생긴 것이다.

"연변 사범 대학교만의 공통점이랄까요. 다들 시골에서 올라와 사는
게 보통 어려운 게 아니었죠. 그렇지만 단결에서만큼은 어디에 내놔도
부끄럽지 않았습니다. 늘 하나로 뭉쳐 극복하는 자세를 먼저 배웠으니

까요."

특별한 경우가 아니면 첫 발령은 지망에 관계없이 대부분 고향 인근으로 났다.

1995년 가을 김 씨는 개산툰 정동 중학교로 출근했다. 참고로 1908년 김성래, 김윤승 등 애국지사들이 사재를 털어 설립한 정동 중학교는 가까운 연변 지역은 물론이고 연해주에서도 학생들이 몰려올 정도로 독립운동의 열기가 그칠 줄 몰랐다. 교원이 직접 학생들을 인솔해 1919년 3월 13일 만주에서 최초로 일어난 만세 운동에 불은 지폈는가 하면, 집회가 끝난 뒤에도 용정에 있는 일본 영사관으로 몰려가 반일 시위를 멈추지 않았다.

"첫 출근 때의 소감을 듣고 싶군요. 평범한 학교는 아니었잖습니까."

"글쎄요, 가는 날이 장날이라고 한국 취업 바람이 워낙 세게 불 때라서 말이죠. 정교원이 빠져나간 자리를 대과 교원들이 땜질하는 과정에서 정동 중학교의 전도도 썩 밝진 못했으니까요."

교원들이 떠난 학교는 속수무책이었다. 이후 급여마저 체불되자 문을 닫는 학교들이 빠른 속도로 증가했다.

"현실로 나타나고 있는 일종의 불안감이었을 겁니다. 조선족 교육이 마침내 한족 교육에 뒤처지고 말았다는. 역사와 전통을 자랑하던 정동 중학교마저 그때 무너졌지 뭡니까."

아송 중학교를 거쳐 지금의 용정 중학교로 자리를 옮긴 뒤였다. 기대만큼 용정 중학교의 사정도 썩 좋아 보이진 않았다. 전근을 왔던 2004년

용정시 용정 중학교 전경

만 해도 1500명에 달했던 전교생 수가 10년 사이에 370명으로 떨어진
것이다.

"학생들 교학을 먼저 고민해야 할 교원들이 입학생 수에 촉각을 곤두세
우고 있으니 이보다 한심한 사태가 또 어디 있겠습니까. 저야 급한 과목
이 아니어서 한 발 뒤로 물러나 있긴 하지만 속이 타는 건 다들 마찬가지
란 말이죠."

정치사상을 가르치는 김 씨도 한 번 흔들린 적 있었다.

"아송 중학교에서 공작할 때였는데, 그때가 처음이자 마지막 갈등의 시
간이었을 겁니다. 주변 학교들이 연달아 문을 닫으면서 두려운 마음이 생
기지 않겠습니까. 떠날 것인가? 말 것인가? 떠나면 언제 떠날 것인가? 한
살이라도 젊을 때 떠나는 것이 좋지 않을까? 이런 고민들이 파도처럼 밀
려오더란 말이죠."

"그런데도 못 떠나신 거군요?"

"사실은 그게, 어머니 때문이었습니다. 두 형은 공부와 일찍이 담을 쌓
아 저만 남은 셈인데, 그런 막내를 교원 한번 시켜 보겠다고 안 해 본 일이
없으니 어찌 비수를 꽂을 수 있겠습니까. 교원이 됐을 때 세상 어느 누구
보다 기뻐하신 분이 바로 어머니셨단 말이죠."

방학 때 한국에서 다시 보자며, 마지막 남은 술잔을 나눌 때였다. 어머
니를 모시고 산다는 김군욱 교원의 말에 코끝이 찡해졌다.

"나는 중국 사람이 맞는데 우리 어머니는 아니시더군요. 한날 텔레비전
을 보시다 말고 이리 말하지 않겠습니까. 중국어를 못 배운 게 아니라 일
부러 안 배웠다고. 그걸 배우고 나면 심리마저 이상해질까 봐 겁이 나셨

던 겁니다."

도문강유람부두

중조

ZHONGCHAO

南阳—

中朝